武战系小说

# 武道狂之诗

Sangre y Acero

【卷九 铁血之阵】

下

乔靖夫 著

中国人民大学出版社
·北京·

夫将之所以战者，民也；民之所以战者，气也。气实则斗，气夺则走。

《尉缭子·战威第四》

# 前文提要

强大的武当派为实现“天下无敌，称霸武林”的宏愿而四出征伐。流浪武者荆裂与青城派少年剑士燕横矢志向武当复仇，途中巧遇爱剑少女童静、日本女剑士岛津虎玲兰、崆峒派前任掌门练飞虹及少林武僧圆性，六人结成同伴，号称“破门六剑”，一起踏上武道修练与江湖历险的旅程。

“破门六剑”于江西庐陵与一代大儒王守仁相交，当地正遭受前武当高手波龙术王一干妖匪蹂躏，百姓陷于水深火热。王守仁与六侠结盟，挺身对抗奸邪，连番血战之下诛杀术王多名亲信。“破门六剑”虽各自受伤不轻，但在恶斗中对武道有了全新领悟，武功大有进境。

正邪决战进入最后阶段，波龙术王欲借助地利以逸代劳，劫持数百无辜村民作人质，逼使王守仁离城出击。王守仁说得孟七河为首的一群勇猛山贼改邪归正，与“破门六剑”组成义军，火速向位于青原山的魔窟“清莲寺”进发……

# 第一章　潜行

一束束昏黄的阳光，如箭雨从枝叶缝隙间斜斜射入，投进山林的深处，才被那氤氲与幽暗吞没。

泛着烟尘的光丛里，有异物在掠动。

骤然远看，还以为不过是风吹叶影：只有接近仔细观察，才可能辨别得出来：是一个人的身影。

那身影缓慢而平稳地移动，于树干之间潜过，没有发出半丝声响。那压抑着力量的步履，令人想象是一条正在朝猎物静静接近的蟒蛇。

这奇异身影的主人，正是山贼之首孟七河。

就像昨天在山寨里一样，孟七河依旧赤着精瘦结实的上身，但是原本铜色的肌肤全都涂成了青绿色——那是用树叶和青果捣烂成浆调制的颜料，涂上之后既让身体颜色与四周树林融合，也掩盖了体味，就算是林中野兽的鼻子也可瞒过。

孟七河在涂成绿色的身体上，再用炭灰抹上许多斑纹，这样就更令轮廓线条难以被察觉。他下身的深褐色裤子绕着许多带有叶子的蔓藤，又是另一重隐蔽伪装。

这些，都是他当猎户的爹教他的。

孟七河行走在凹凸不平、满布枯枝落叶的树林间，步伐就如日常走路一般轻松，每步竟不闻声响，尽显八卦门步法的精妙功夫。

两年前孟七河被王守仁率领的大队人马围捕，正是靠这伪装与步法，无声无息地孤身潜过对方防线，从后头打开一道缺口，方能带着少数部下杀出重围，逃入山里。

——今天，我正以同一套功夫，报效王大人。

孟七河到达树林斜坡的顶端，身子慢慢半蹲下来一动不动，手里反握一柄刃身熏黑的匕首，保持蜷缩的姿势，眼睛朝八方扫视，双耳听觉大大扩张。

他视察了好一阵子，确保这山林的前头并没有敌方的哨兵，这才站起身来，身姿动作立时一变，犹如一头躁动的猿猴，朝来路奔跃回去。

孟七河跑回半山一片树荫底下。那儿是个较平缓的斜坡，许多身影正坐在岩石上歇息，他们身旁放着一大堆沉重的行装。

身上穿着竹甲的年轻山贼唐拔，本来正在纳闷，拍打着爬到身上的蚊子，一看见首领返回，马上兴奋地站起来。

“前头没人，我们可以再走了。”

孟七河其实跑得一身是汗，但他懒得抹一抹，说完急不可待地就提起搁在山坡一角的八卦大刀，斜斜挂到背后。

那些身影同时起行。十九人皆是孟七河麾下的山贼，全挑选最壮健的精英。他们跟首领一样轻装上路，但每人各背负或提着又大又沉的布包。布包全都鼓得胀起来，隐约可见里面收藏着一个个像人头大小的东西，一提起来时，内里发出瓦石轻碰的声响。

十九人里唯有唐拔和另一名山贼没提布包，他们肩上却斜揹着一大团绕成圈状、又粗又长的绳索，看来也不比那些布包轻得了多少。

他们这趟登山，走的都是没有路径的荒林，山坡崎岖难行，林木又异常茂密，更要带着这么重的东西，走得甚是辛苦缓慢，直至黄昏才完成一半。眼看快要入夜了，前面大段路程要摸黑攀爬，将更加困难。

可是十九人都没有发出半句怨言，孟七河一声令下，他们又默默提起东西开始上路。

这固然是因为他们敬服的头领孟七河就在前头；何况一群无辜村民此刻就在波龙术王魔掌中，他们都深知不可再拖延。

可是还不只这些原因：他们当中，还有第二十个人。

这条身影比其他所有人都要高大，手里跟背后带着长长的物事，正以微拐的步伐向山上走去。

那是背带长弓的岛津虎玲兰。她将野太刀的刀柄跟刀鞘绑起来，用它当作行杖，皱着眉一步步登上去。

虎玲兰虽然已用布带在腰胯处紧紧束了数圈，但每走一步仍是带来痛楚。但她绝不肯放慢下来。

——只要想到每迟一刻，又将多一个村民在“清莲寺”前被处刑，自己肉体的伤痛，算不得什么。

孟七河不禁又再看看这位豪迈的女剑士。为了在山里隐藏形迹，虎玲兰改穿了一套深青色的粗布男装，但仍半点未减其娇美。经过大段登山行走，她衣衫都被香汗湿透，更呈现出优美的身体曲线。走在后头的山贼看傻了眼，不禁咽咽唾沫，继而又猛吐一口气息，振作着继续走路。

孟七河见了不禁心里笑着暗骂：

——王大人，你这老狐狸……是故意把她编进来的吧？

孟七河跟部下相处许久，深知他们的脾性。要是换作平日，强迫他们干这搬运重物登山的苦差，就算是多么紧急的事情，此刻必定叫苦连天，也多少会慢下步来。

可现在每个人都不肯落在旁边的同伴之后，竞相往山上爬去，年轻的那几个更争着去拿最沉重的布包。谁也不甘在这么一个异国美女面前示弱——疲劳辛苦都是小事，江西男子的威风，绝对丢不得！

孟七河天生身材矮瘦，早就习惯了跟远比自己高大的人相处，与虎玲兰同行，并没有什么不快；倒是她用的大刀，竟然比他的还要长，这就教孟七河心里有点不是味儿。

他跟一班臭男人困在山上久了，见了这样的大美人，忍不住逗逗她说：

“女侠，走得辛苦吧？要不要我背你一程？”孟七河拍拍自己肩后：

“来来来！”

“呼”地一物，一朝孟七河迎面袭至，他惶然一记“八卦掌”往外一拨，把虎玲兰刺来的鞘尾架去！

虎玲兰这一招去势甚速，那长长的刀子连着鞘更加沉重，她单手使来却还是轻松得很。孟七河狼狈挡去这一刺，不禁吐吐舌头。

“说笑！说笑！”孟七河说着就展开步法倒行上坡，跟虎玲兰拉远了一丈，心想这日本女刀客果真冒犯不得。

“老大，吃豆腐吃着石头啦！”后面的山贼哄笑起来，精神，士气又提升了不少。这正是孟七河希望的事。

孟七河回过头去，收起了笑容，又再全神贯注地开路上山。

他虽然没有负重，但其实不比部下轻松：为防备波龙术王可能在这青原山东麓布下暗哨，孟七河充当箭头探索，先确定前路没有敌人，再回头通知大队前进，因此每段路他都要走三次，尤其第一次无声潜行，更是非常耗费精力。

虽然术王众在这野林布防的机会不大，但孟七河不敢轻率，只因他深知自己这一路奇兵，在王守仁进攻“清莲寺”的战略里有多重要。

一想到王大人，孟七河的眼睛就在越来越昏暗的树林里亮起来。

他回想今天早上，回到久违的县城老家时那个情景：

孟七河得到唐拔快马通报，知道波龙术王挟持泗塘村四百余人，并要定时将其逐一处死的可怕消息，于是火速集合人马，赶往县城会合。

一年前他再次落草为寇，无人送别之下，带着既愤怒又无奈的心情，仓皇趁夜离城；今日他带同百人回来，庐陵县民大开城门夹道相迎，一个个瞧着他走过时，都露出欣慰与期盼的表情。孟七河见了，心里喟然感叹。

孟七河上次虽得王守仁招安免罪，但在庐陵的日子并不好过。他终究已非清白之身，作贼时也确实曾经伤过人命，在城里不免常遭白眼；稍有体面的商家富户都不敢雇用他，只能干些低三下四的粗活，还要常受官府凌辱。

生于庐陵，也长于庐陵，孟七河这二十多年来，从未像今天般受到如此尊重。

——是王守仁，让他寻回当一个人的真正价值。

可是在关王庙外与王守仁再聚时，两人却都没有说什么。王守仁只看了孟七河一眼，连招呼也没有打一个，就展开草草绘画的“清莲寺”地势图，开始讲解他拟定的计策。

——现在不是浪费光阴叙旧的时候。有什么要说，留待救人杀敌之后。

孟七河过去与王守仁为敌，受他指挥是头一遭。但孟七河本来就有率领大队山贼的丰富经验，对王大人的策略，一听便了解，并迅速安排手下去张罗所需物资器具，又从部下里挑选了一支二十人的劲旅。未过午时，他们共二十二骑，连同三匹驮物的马儿，已经出发离城。

出动之前，孟七河把其余大队主力交给独眼的老亲信梁福通指挥，并且向暂时分别的手下说：

“今天，绝不要留情。”孟七河扫视众部下。他虽然做贼，但毕竟并非凶残好杀之徒，平日经常约束手下，做买卖和跟官府对抗时，要尽量少伤人命。

——但今天是解禁的时候了。

**“这一次，他们才是贼！”**

孟七河举起八卦大刀高呼，然后在兄弟的轰然应和之下，策马出城。

在王守仁的战略里，孟七河与虎玲兰等二十二人负责的是最重要的突袭，首务是要躲过术王耳目，因此绕远道驰往青原山之东。一行人马意气高昂，结果只花不足两个时辰就抵达山脚。

然而这东麓的险恶山林，却比孟七河估计中更难穿越。上山后才不久，就有一个兄弟扭伤脚踝无法再走，留了在后头，因此只剩这十九人。

——这样下去不行。那边每半个时辰就要死一个人！而且我们要配合主力进攻，非得在午夜前登顶不可！

孟七河在前头，一边用唐拔给他的镰刀砍枝开路，一边加快登山的脚步，无形中也在催迫身后的同伴加速跟上。他深知这样做正把部下的体力消耗推到极限，恐怕随时又有更多人意外受伤。但他别无选择。

后头的喘息渐渐加重，再也听不见调笑声。就连虎玲兰的存在也失去了激励的作用，众山贼已再无闲情瞧她一眼。

倒是虎玲兰本人，仍然挺着腰上的刀伤，紧跟着孟七河的脚步。孟七河抓抓一头鸟窝般的乱发，对这女子的毅力很是讶异。

——她哪来这力气？到底这些家伙是什么人？

孟七河早上在县城里就只顾备战，根本无暇与“破门六剑”真正认识。昨天青城派少年剑士燕横上麻陂岭山寨来，已令孟七河很吃惊，想不到燕横的伙伴竟然一个比一个古怪，不是带着刀剑的漂亮女孩，就是穿着战甲的和尚；另外那个满身都是兵刃的怪老头，也是非比寻常。

不过最令孟七河印象深刻的，是瘸着一边腿、胸前挂着受伤的左臂、一身穿戴着黑色衣甲披风的那个壮硕男人。

“我名叫荆裂。”这伙人里，他第一个过来跟孟七河打招呼。那张斜斜缠着黑布条的脸，绽放着灿烂豪迈的笑容。

孟七河朝他点点头。他嗅得出来，荆裂跟自己有种相近的气味，大家同样带着一股难驯的野性。他马上已对荆裂生了好感。

当时孟七河正把弄好的绿色颜浆涂到身上。荆裂好奇地看看，猜到这是在山林里掩蔽的手段，笑着拍拍大腿：“这真有趣！可以教我吗？”

“行。”孟七河爽快地回答，然后又加上一句：“要是我们都活着回来。”

两个汉子相视着一起笑了……

孟七河见过“破门六剑”众人所受的剑伤，想象得到他们先前与波龙术王的交战，实是何等凶险。

——他们为了完全不相识的寻常百姓，都拼到了这种地步；我们庐陵子弟，怎么能给比下去？

孟七河咬紧牙关，狠狠挥动镰刀，砍去一串带棘的树枝，继续跨步而上。

跟在他身后的虎玲兰，同时也在想着荆裂。

早上在县城里，当她得知王守仁的策略，要求她跟荆裂分头行动，她马上焦急地抗议。

“不！我要跟着他！”

听了这话，就连童静也觉得意外。童静虽然早知虎玲兰芳心已许荆裂，但刚强的兰姐一向以冷傲掩饰，绝少如此直接。

——可见荆大哥受此重伤，令她何等心疼……

“别说任性的话。”

荆裂断然拒绝虎玲兰。

“这一次，几百条人命都系在我们身上。”

“可是……”虎玲兰红着脸要反驳：

——几百条人命，比不上你重要。

但这种话，她还是不能在这样的情景下说出口。

“你希望我平安，就去把王大人交给你的任务拼命完成。”荆裂说，“给敌人最大的麻烦和伤害，我这边的危险也就最小。”

当虎玲兰跟着孟七河策马出城时，回头看了看一身黑衣的荆裂。

她回想起在汉阳城里那一夜：他握着她的手掌，说过要娶她为妻……

不错。生为武家的女儿，岛津虎玲兰本就注定要嫁给武士为妻。

**那就该有武士之妻的气度。**

虎玲兰以野太刀撑着山岩，提起受伤的长腿，咬着樱唇，努力朝胜利的方向攀登上去。

——他正在那一头等我。

青原山北面山脚的登龙村，百年来从未像这个黄昏般闹哄。

即使是从前的太平日子，如鲫游人上“清莲禅寺”参拜，半途在村店歇脚；或是大半年前术王众如蝗群卷至，掳人占村的那可怕一天，登龙村这小地方，也没有像此刻这样被塞进这许多人。

王守仁率领着六百余人的庐陵义军，一下子填满了这个因波龙术王的抢夺而荒废的小村，一排排空屋之间顿时重现生气。

西方的日暮只剩一线。民壮们在村子里各处空地生起火来照明，严守出入村子的道路，以防术王弟子趁黑潜入捣乱。有的人则负责在屋里打火造饭。

——即将要展开漫长的一夜。打仗前自然要吃饱肚子。

王守仁在燕横和练飞虹的左右保护下，身后跟随着六个门生，在村里行走视察。他沿途亲自跟众多带着兵器的庐陵民壮打招呼，自是为了激励他们的士气。

“他们……还是怕得很。”在王守仁右侧的飞虹先生，走着时把受伤的右臂搁在腰侧刀柄上，另一只手捋着白须，以忧虑的语气朝王守仁悄声说道。

燕横细看，在火光掩映之下，那些男子的面容都显得苍白肃穆。

“没办法。”王守仁说。如今他们并非守城，而是直接踩到波龙术王的大本营来，对这些乡县平民来说，感觉就如把手伸进老虎口里。这几百人虽已是志愿的民壮，但毕竟数天之前，他们仍在术王的魔爪底下偷生。

这支义军除却“破门六剑”和孟七河留下的八十余名山贼之外，其余五百多人，全是庐陵县城与邻近乡村自愿加入的男丁。由于术王为祸已久，庐陵一带能够离乡谋生的青壮许多都已逃掉，又或者像孟七河般成了流寇，剩下的男子不是太小就是太老，王守仁能招集到这个数目，已经很不容易。

虽然表面上有数倍兵力的优势，但王守仁深知这批民壮并不是可靠的战力。布阵守城他们还可一用，如今出城攻击则太过勉强了。他没有指望依仗这人数去攻破“清莲寺”，动员如此数量，主要是为了壮大声势。

——可要是到了最恶劣的关头，还是得让他们拼上……

民壮里也有跟薛九牛年纪相近的小伙子。王守仁见了，心里虽不愿把他们送上战场，但也没有选择。

——此战不克，大家都没有明天。

燕横从旁看着王守仁忧心的脸色。

——当一个领袖，就得为别人的生死负责，可真的不容易。

他想到自己若真的要复兴青城派，有一天也必得担上这种角色，现在得好好向王大人学习。他昨日就亲眼看见了，王守仁如何令孟七河折服，说辞情理兼重，实在是非常叫人佩服。

这时在村子中央，传来男子号哭的声音。

王守仁怕军心受影响，马上赶去探看究竟。只见在登龙村的祠堂前石阶上，坐着两个汉子，年纪较大的那个手里捧着一副祖宗牌位，两人相拥而泣。附近其他民壮也围过来，好奇地瞧着他俩。

二人见王守仁走近，朝他下跪叩头："谢谢王大人，把我们兄弟俩带回家来了！祖宗还在！祖宗还在！"

这对姓赵的兄弟本就是登龙村人，当天波龙术王到青原山，赵大刚好带着弟弟去别的村子说亲，因而逃过一劫，却一直不得归家。赵大的妻子遭术王众凌辱多时，前天才得荆裂和薛九牛救回县城，他两兄弟感于侠士的恩德，毅然自愿投入义军，此刻随着大队终于回到老家，看见祖宗牌位幸未被妖人污损，一时激动得大哭起来。

王守仁的门生上前，连忙把二人扶起。那些围观的民壮，各自的家园同样久遭术王凌虐，看见赵氏兄弟的情状，不免也感触起来，他们早就积着一腔酸苦，不少人不禁陪着掉泪。

这时一条身影跳上前，一脚蹴在旁边一个正在哭的男人屁股上，那人大叫一声趴在地上。

“哭什么？娘娘腔！”练飞虹一脸白须被风吹动，神情充满威严，用厌恶的眼光扫视众民壮，吓得他们都住了声。

“你们以为现在来是干什么的？”

练飞虹举起被波龙术王魔剑重创、此刻层层包裹着的右臂。众人看了，都想起这位老侠士为救庐陵所流的鲜血。

**“你们今天，就要把属于自己的地方拿回来！”**

众民壮一听，原本哀愁的气氛一扫而空。

——没错。本来就是属于我们的。

——没有给人夺去也不吭一声的理由。

他们都朝那黑暗的青原山上方看去。

心中升起的火焰，虽还不足以把他们的恐惧完全驱散，但至少已经有了登上那山头的勇气。

王守仁瞧着练飞虹，点头致意。

“没什么。”飞虹先生耸耸肩，“我最讨厌的就是畏首畏尾的家伙。”他瞧着燕横又笑说，“从前在崆峒山，我不知踢过多少弟子的屁股了！”

在村子另一头，一身黑色披挂的荆裂，就如半融在黑夜里。

他站在从梅心树手里夺来的那匹黑马旁边，整理检查了下马鞍的皮带，确保没有松脱，然后抚摸着马鬃，看着村子里的众人。

只见由孟七河手下梁福通带领的那一众山贼，几十人自成一伙，围在一起吃喝笑闹，神态自若，远较民壮来得镇定。

他们毕竟习惯了刀口上过活，一旦跟着首领豁出去，也就不多想生死之事。当然，说没有半点害怕是骗人的；但这伙汉子在山寨里就爱争强斗胜，谁也不肯在同伴跟前示弱。

荆裂再看看四周村屋，回想起两夜前与薛九牛潜进来的情景，还有薛九牛跟他说过的那些话。

——小子，那时候，我输给你了。

荆裂伸手摸摸挂在鞍侧的那柄长倭刀。

昨天薛九牛用自己的性命作交换，把它送到了荆裂手上。

荆裂轻轻将倭刀拔出寸许。那银刃反映着远处的火堆，微微在发亮。

——今晚，我会斩下那家伙的脑袋，拿回去祭你。

他猛力还刀入鞘，在夜空中发出清亮的金铁之声。

同时在他后方几座屋子外，圆性正静静地坐在一块石头上，身后有个县民拿着刀子，为他把头颅上那层薄发剃干净。

圆性脸颊和下巴上的胡渣也都刮光了。他摸摸光滑的脸，向那剃头的县民说："这刀子真不错。"

"当然了。"那人笑着回答，"这小刀从前给寒石子先生磨过，锋口快得要命。他磨一次而已，用了一年多都没有半点变钝。"

童静蹲在一旁，将"静物剑"横放腹前，双手捧着脸，看着圆性刮光了胡须的样子。

"和尚，你还是这样比较好看。比之前年轻十几岁啦。"

"少胡说。"圆性说时脸红起来。他毕竟自小就在佛寺长大，甚少跟的女谈话，这样被一个娇嫩的姑娘盯着脸看，感到很不自然。

这时头顶也刮好了。圆性摸一摸，反倒觉得比平日乱发丛生还要不自然。这么不爱剃头的和尚，天下间也许就只这一个。

"为什么要刮干净呢？"童静好奇地问。

"是王大人的吩咐。"圆性神秘地微笑，拾起放在一边地上的小布包，递了给童静，"现在到你干了。"

童静不解地接过布包。

“这是……干什么？”

“是王大人叫的。”圆性说，“你是女孩子，手比较细。你喜欢画东西吧？”

童静打开布包来，里面竟然是墨砚和一管细细的毛笔。那县民又把用来洗刀锋的那碗清水拿了过来。

她带着满腹狐疑，心道：“这是干什么？”再看见圆性身后那个县民，从一个大布袋里掏出一件衣服。

看见那件衣服，聪慧的童静恍然大悟。

“我说呢……王大人，真是条老狐狸……”

她说着就磨起墨来。童静虽然生在帮会家族，没可能跟清白的官贾对亲联姻，但父亲童伯雄对这个独生女儿还是有所期望，自女儿懂事后就聘先生到家里教她读书写字。

“对了，童姑娘……”圆性这时瞧着她问，“你是怎么跟着荆裂他们的？”

童静一边磨墨，一边说着在成都时发生的事情。回想起跟燕横的相遇，现在只觉得又好气又好笑。

“我也不知道为什么，自小在帮会总号里，看见搁着的刀枪剑戟，又瞧见帮里的人练武打架，我就是喜欢。”

圆性浓眉一扬，抓抓光头：“我也是啊！从小在少林寺里，成天都是想着打拳耍棒，佛经都不肯念，不知道挨过师父多少责罚了。可他罚我抄经，我就一边扎着马步一边抄，哈哈……”

童静遇上知己，不禁也露出兔子般的门牙笑起来。

“好了。”童静把墨磨好，以细笔蘸了几下，“来，大师，好好坐定，不要动啊。”

圆性朝她眨眨眼：“记着，画得吓人一点啊。”

童静提起笔，轻沾在圆性的脸颊上。

“清莲寺”后厢的一个宽广禅房，陈设成货仓般的样子，到处堆满杂物。墙上本来放经书的架子排满了药物瓶罐，角落处堆起了一座青砖砌的小炉灶，上面的锅子正在炼煮着不明的浆液。

房间中央有一张长长的大桌子，围站着十个八个瘦削少女，她们口鼻蒙着布巾，把制好的药粉按分量装入小纸包里，集合二十小包后又再裹成一大包。细看那些纸张，全都是从“清莲寺”所藏的佛经里撕下的书页。

禅房门窗重重密封，以防杂质灰尘飞进来。这些少女全是术王从邻近乡村掳劫得来，再挑选其中指细手巧的十几个困于此间，日以继夜地为术王制药。术王更明令部众，绝不可侵犯她们——原因当然不是怜香惜玉，而是不想阻碍了制药的进度。

波龙术王巫纪洪站在近房门处，伸出芭蕉叶般的大手掌，抚摸放在墙边的两摞小木箱。里面收藏的，全是在此炼制的“仿仙散”。

虽是大战当前，但货物付运在即，波龙术王绝不容许停下来，更如平时每天两次亲自监看。

这批“仿仙散”花了三个月才制好。之前术王更以庐陵县民做了几个月的试验，不断改良配方，他深信现在这一批，已经非常接近物移教原有药方的效用。

——这些药，将换来我们的第一笔资本。

巫纪洪心里已在计划：如何借这种令人无法自拔的幻药，把资本再变大数倍；接着就要开展那伟大的理想，准备迎接“师兄”再临……

——可惜，梅师弟不能陪我看见这一天……

一想到被杀的梅心树，波龙术王的指甲就如利刃，抓进那木箱里。

“术王猊下！”后面门外传来弟子的声音。

这制药禅房乃是禁地，弟子急来找他，必定有要事禀报。

波龙术王再看一眼那些少女。她们长期被囚在此炼制“仿仙散”，虽然用布蒙着嘴巴鼻子，还是难免每天吸进小量，身体已受摧残，一个个眼神呆滞，只是像被无形丝线拉动的人偶般不停地工作。

术王看了觉得满意，这才开门出去。外头除了负责把守的两名弟子，还有一人半跪在跟前。

“禀告猊下，对方已经进了山脚的村子……”那弟子急说，“共有数百人，但至今还不见上山来。”

——敌人有我方数倍之多，这名弟子心里其实很是不安；但他深知术王猊下最厌恶弟子表露出惧意，也就强装出镇定平常的声线。

“还没有过来……他们不焦急吗？”

波龙术王沉思。他已定下每半个时辰处死一名泗塘村人质的规矩，但敌人到了青原山脚，却没有马上杀奔上来，看来对方的头领虽然焦急，但也未至自乱阵脚。该忍的时候能忍；而且能在半天之内就组织动员几百人……可见此名头领绝对是个人物。

——难道正是杀梅师弟那人？还是那几个没有出手的剑士中的一个？

一想到为梅心树手刃仇敌的时刻将至，波龙术王握着腰上的武当剑柄，五指关节都捏得发白。

“猊下，我们要怎样应对？……”那负责传令报信的弟子问。

“以逸待劳，紧守山门。那儿将是他们的尸山堆栈。”术王冷冷地说，然后又补充，“继续按时处决。”

那弟子领命而回。术王想了想却又呼唤：“等一下。今天的人质……是不是霍护旗杀的？”

那弟子回头停下来，垂头说：“她只交给我们去办……弟子来这儿时，沿途没有看见她。”

术王挥挥手让他离去，心里却在沉思：平日这种事情，霍瑶花总会亲手杀上一两个，以免被众多男弟子看扁她心慈手软……

波龙术王隐隐察觉，自从昨天起霍瑶花就有点不对劲，但又说不出有什么改变。

不过波龙术王对霍瑶花的信任，仍是未动摇半分。

他不相信世上有什么，能够比他的邪恶、威严与奇药，更能控制人心。

## 十

弯曲的刀刃在木柱上刻过。可是那握刀的手正在震颤，柱上的横纹变得歪歪斜斜。

霍瑶花将这柄来自南蛮异国的狩猎小刀收回来，垂头怔怔地看着。刀尖随着手掌仍不由自主地在发抖。

这是停服“昭灵丹”一天一夜后，药瘾发作的后果。

霍瑶花现出黑色的眼圈，失去了平日媚惑中带着危险的神采。她感到很辛苦。前夜与虎玲兰的激烈刀战，霍瑶花身受的创伤其实不比对方轻多少，只是有物移教的药物消减了痛楚；药力退去之后，手腿中刀处都传来像要裂开的感觉，经过调息治理，现在才恢复了力气。

霍瑶花摸摸被虎玲兰用刀柄击打过的额头，轻轻一碰就有一股深沉的痛楚直抵脑袋中央。她咒骂着摇摇头，挥去那晕眩感。

“那臭女人……早晚把她斩了……”

她知道要减除痛楚和停止颤抖很简单，只要从口袋里掏出那包“昭灵丹”服了就行。可是她强忍着。想起那夜被虎玲兰打中后，脑海中升起的一切恐怖幻觉，霍瑶花就感到口干舌燥，仍然有一股欲呕的反应。以前她从来没有这样厌恶的感觉——术王猊下所赐的灵药，她总是当作糖果一样享受。

奇怪的是，没吃"昭灵丹"一天，霍瑶花感到头脑有一种久违了的清醒，好像突然思考到许多事情。

她扶着"清莲寺"外头的那根木柱坐下来，手指无意识地把玩那小刀的木柄，眼睛远眺前方。

这儿正对着禅寺南侧的空地，那头生着几堆火，火光下有许多人影，里面传来低低的哭泣声，正是昨晚掳上山来的泗塘村四百多个人质。

她看见一个术王弟子从人堆里走出来，一手拿着明晃晃的砍刀，另一手提着一件物事。他走到空地前的小溪边，将那物事随手抛到一旁，蹲下来用溪水清洗刀刃。好一会儿后他站起来，以身上的物移教五色袍擦拭刀身，将刀收回腰间皮鞘，轻松地哼着《物灭还真歌》，又再走回人质中：

"尽我百欲，物灭灵归……事神以诚，宣教大威……"

又一个泗塘村民被砍头了。

跟随波龙术王后的这些年，霍瑶花一直对这等屠杀之事毫无感觉。但此刻她竟生起了许多想法。

她再次垂头看看昨天得到的这柄小刀。那个肩膊上有刺花的男人，既令她忆起师兄翁承天，也叫她回想起过去的自己。

用肉体去换取武功；弑师出走；诛杀楚狼刀派的同门……这些事情霍瑶花从来没有感到半丝愧疚或后悔。

——这全都是那干臭男人逼出来的！

她一直告诉自己：我才是受迫害的那个。即使后来沦为盗寇，杀人越货，她也深信自己只是无可奈何：我这么一个孤身的女子，就只有杀人这一项本事，不干这个，怎么活下来？

可是这一刻她蓦然回首，方才惊觉：

——我是什么时候，从一个被害的人，变成害人的那个？

霍瑶花背项渗出冷汗来。

她一直都是一匹在荒野求生的雌狼，并以此而自豪；可是现在她才发现，自己不知何时，已然变成了一条他人豢养的用来咬人的狗。

她抓紧刀柄。手抖得更厉害了。

——这柄小刀的主人……他是怎么看我的？……

霍瑶花从来不介意被人憎恨——这一直是推动她生存下去的能量。她敢于与天下人为敌。

可是被人厌恶和鄙夷，却是另一回事……

她感到思绪一片混乱，只希望脱离这一切，什么都不去想。震颤的手指开始缓缓伸向五色衣衫的口袋……

——再想又有什么用……哈哈，霍瑶花啊霍瑶花，你以为到了今天，自己还能够回头吗？

——吃一颗吧……忘记这一切……

就在此刻，南面“因果桥”对面突然锣声大作。

被这突来的鸣音唤醒，霍瑶花的手停住了。

“来了！来了！”小溪对岸的大空地正是术王众守军主力的集结处，只听见那边传来这样的呼唤：“快布阵！”

然后有术王众的头目在人丛间吹起尖锐的木哨，并且念诵发音奇特的咒文。这是要催激术王弟子的战意。

霍瑶花听了这些音号，自然又激发起不服输的本性。本来要去拿“昭灵丹”的那只手，改为抓住放在身旁的大锯刀，以刀鞘支地站了起来，另一手则把狩猎小刀插在腰带里。

她决意，不管多么辛苦，还是要保持这颗清醒的心，去再次见一见那男人。

即使是死，霍瑶花也要知道，自己到底对荆裂有什么真正的感觉。

# 第二章　破关

月明当空。午夜子时。

王守仁锐利如剑的眼睛，眺视前方十数丈外那座木搭的山门。

高达丈许的门坊，矗立在狭隘的山路口上，左右挂着两条写满物移教咒文的红色幡旗，在黑夜里徐徐飘荡，感觉好不阴森。

那山门前后只有几个火把，看不清门里的状况，隐约看见有人影移动。

那幽暗的门关，彷佛张开的、布满利齿的兽口，等待吞噬血肉的一刻。

虽然看不真切，但王守仁知道那山门后，敌人的百人主力大军，必定正严阵以待。

术王弟子拥有可怕的毒箭暗器，因此王守仁将义军停驻在山门前这个距离。这条青原山北麓的山路形势狭隘，右侧倚着一面难以攀爬的高耸峭壁，左边则是早前荆裂跌下的悬崖。六百余人的义军大队只能作长蛇阵式，后头的民壮一路排列在登山的阶级上。

这个“清莲禅寺”的山门关口，险要处正在于此：山门扼守在狭窄的路口上，宽度最多只能够容许五六人并肩同时进攻；但一过了山门，就突然变成开阔的空地，可作大型布阵。敌方只要在山门内采取半月阵形，我方闯关的前锋一进去马上三面受敌，形同自行冲人陷阱。

“他们……为什么火把这么少？……”王守仁身边的年轻门生黄璇问时，紧张得满额汗珠。这样的阵仗他可是首次经历。

“波龙术王也不是省油的灯。”王守仁说，“他就是不让我方看清门内布阵的人数和情况。反正他们守的就只是门口这一个‘点’，一有人进去，他们死命向着同一方位夹击就行了，根本不用看得太清楚。黑暗一点反而对他们有利。”

王守仁也吩咐义军，用带来的木盾把己方火把遮着，以免还未进攻，就让敌人看清虚实。

王守仁带来的六个门生里，已届中年的朱衡是最稳重的一个，但看了眼前的情况也不禁说：“先生，要破这关口，恐怕……”

王守仁心里一直也在盘算着，是否还有其他更有把握的策略。可是没有。

——即使是最厉害的智将，作战的计算也只能到某个程度，最后始终还是靠实战硬拼。

日间在县城，王守仁跟“破门六剑”拟定战略之时，就已经问过他们好几次：

“这样打，你们有信心吗？”

这次战斗跟一般行军打仗不一样，要调动的不是普通的兵将。我方最决定性的战力，就是这几个拥有超凡武艺的侠者。如何把他们发挥至尽，乃是胜负的关键；同样王守仁也要确知他们力量的极限。

经验最老的飞虹先生，也是最清楚六人各自能耐的一个。他当时抚着须想了一轮，又看了荆裂一眼，然后用力点点头。

“世上没有十足把握的仗。”练飞虹拍拍那幅草图：“不过，我们大概做得到。”

王守仁看着六人坚定果敢的眼神，也没有不信任他们的理由……

“还不进攻吗？……”黄璇这时焦急地说。他手掌搭在山路旁一棵树上，正好摸到术王众钉在树干的一具下咒木偶，吓得马上缩手。“再等下去，又有人质要死了……”

王守仁当然很清楚，每拖延一刻都要死人。但他不能不等。

他回过头，瞧向右边的峭壁底下，一块凸起如人高的岩石。

在那岩石顶上，一人一马的黑影矗立。那黑马久经训练，站在高处也未受惊，沉静地呼吸着。

荆裂的右手提着又狭又长的刀，垂在马鞍侧，反射着淡淡的月光。他的身姿同样镇定，包裹着黑头巾的脸仰起来，凝定眺视前面远处的上方。

六百余义军静静布在夏夜的山路上，于黑暗中不断淌汗。

过了不知多久，荆裂的双目突然收紧，似乎看见了什么。

他将手上的倭刀向天举起，视线同时降下来瞧着王守仁。

王守仁也朝他点头。

——一切就绪。拜托了。

——大家都要活着回家。

王守仁一挥手，身在前锋山贼队伍里的独眼头目梁福通马上会意。他举起手中的斧头，指挥八十个兄弟向前缓缓推进。

众山贼身上穿着竹片编成的护甲，又用厚布包裹手脚，以减低被术王众毒箭所伤的机会。领在最前的四十人，各托着一面相当半个人身高的木盾，都是庐陵县民用城里的门板临时改造的。

对面的山门里，仍然看不见任何大动静，正在请君入瓮。

山贼们推进到山门前约五丈处，又再停了下来。

这时，一人拿着火把，排众而出。

在山门内布阵的百个术王众，一如王守仁所料，呈半月形三面包拢着门前的空间，整个阵势厚度达六七人，如铁盖般密封着这关口。他们全都吃了物移教的药物，又受到咒音刺激，一个个体内涨溢着浓烈的杀人欲望，在月夜下静静期待。

——快来吧。每一个进来的人，我们都会把他刺成蜂窝。

可是看见门外那独自走来的人时，排在前头的那些术王弟子呆住了。

对方是个穿着物移教五色宽袍的男人。

“是假货！这一招他们早用过了！”有人在阵里高呼。

可是当他们继续细看那个一手举着火把、另一手拄着行杖的身影时，都一起噤了声。

因为那人外型就跟波龙术王猊下一模一样，长着一颗光秃秃的头颅，脸上也有黑色的咒纹，而且比术王更甚，两边脸颊都被刺得密密麻麻。

“吾乃物移神教‘大圆满圣王’，此番特从真界下凡而来，宣我神教大威、论功赏罚教徒，谁敢阻挠？”

这个“大圆满圣王”身材硕壮，虽不如波龙术王高大，但声如洪钟，加上一双圆瞪的虎眼，威仪十足。那呼喝声在山间回荡，确具有震动人心的能量。

术王弟子一直处身幽暗中，这“圣王”拿着猛烧的火把出现，蓦然像全身透出一股神秘威仪。跃动的光影投在他身上，更形诡异。

这个“大圆满圣王”，自然就是圆性。那套自称“圣王下凡”的台词，都是按照先前在县城被擒的那个术王弟子的说法，加上前夜荆裂潜上山时听到的物移教歌词，再由王守仁编造而成。

这是王守仁想出的计策：对方既以迷惑人心的疯狂信仰控制弟子，激使他们杀人战斗，我方也不妨借用它扰乱敌人心神。此为心战。

这时圆性身后的众山贼民壮，一起照王大人的号令哼起歌谣来，不是别的，正是荆裂听过的那首《物灭还真歌》的旋律。

数百人合和的声音，犹如从漫山遍野响起，那股神秘的气氛更加浓厚。守在门后的术王众，一时不知所措，有的更不由自主地随着旋律动起嘴巴来。

“事神以诚，宣教大威！”圆性一边大声颂唱，一边继续向山门迈近：“我教忠诚弟子，还不向本圣王下跪？”

圆性本来就在佛寺长大，听惯了寺内长辈僧侣讲经时的语气，如今模仿起来，确实像模像样；他继而又念出一大串无人听得明白的字句，其实是他在少林寺背诵过的梵文佛咒，再加以胡乱拼凑。对术王弟子来说，圆性念的并不像平日波龙术王所念的物移教咒语，但圆性念得煞有介事，似乎确实在说着些什么秘语，他们心里就更害怕了。

术王众里其实不少人也像霍瑶花和韩思道一样，根本不信什么“物灭灵归”那一套教义；但是他们刚刚才服过“仿仙散”或“昭灵丹”等药物，很容易也被身边的虔信者感染。

其中站在前排的术王弟子，竟有一两个人真地听从圆性所说，垂着兵刃当堂跪下。

圆性这时走得更近，看见门里布阵的术王众情况。

——奏效了……只要让我再接近一些……

可就在此时，术王众阵形的最后头，传来一把响亮、动听却又冷得令人毛骨悚然的声音：

“把这个亵渎神教的假货分尸！”

这声音很诡异，就好像从二楼高台上发出来，下面整个术王众的队阵都听见了。

圆性瞧见前排那许多原本陷入迷惑的术王弟子，刹那间眼神变得清醒。

一句话就有如此分量，圆性自然猜得出对方是谁。

波龙术王骑在他那匹格外高大的马上，瞪着圆滚滚的大眼睛俯视前方，在最后方中央亲自压阵。他以布条将五色袍的衣袖束起，已经做出亲自拔剑战斗的准备。

圆性虽然从没有见过术王，但听闻他就是那货真价实的武当剑术高手，心头更燃起战意。

他知道这骗敌之计已到极限，左手猛地一挥，将火把往山路旁的悬崖下抛去。

此刻，圆性彷佛瞬间从术王众眼前平空消失。

皆因刚才圆性吸引了他们的目光凝视。当亮光骤灭，术王众的眼睛在短暂间都无法适应。

这也是王守仁吩咐圆性的计策，制造出一个非常短促的空隙。

而圆性就要在这空隙里，走完余下的距离。

他运起一口气，瞬间发动。

僧鞋猛踏的足音。

壮硕的身躯，如猛兽朝山门中央狂奔。

——没有回头的余地了。

这刹那，圆性心里忽然想起小时候在少林寺，了澄太师叔拖着他的手，曾经跟他说过许多道理。

他以为那些道理自己从来不曾记进心里。可是现在都想起来了。虽然仍不敢说已经明白。

——也许我生在这世上；被送上少林寺学武；为武当派而下山……一切一切，都是为了这样的时刻。

**为正道，可舍身忘死。**

圆性奔跑的同时，从五色袍底下掏出半边夜叉面具，嵌到脸上。

他瞬间化为愤怒的恶神。

这时在他身后，也有其他身影紧随着冲上去。

圆性越过了那两条挂着红幡的门柱。

被波龙术王唤醒的弟子，这时正在重整对敌的阵势。他们虽然一时看不清楚，但感觉到那股强烈的气势，已经冲入了杀伤范围。

术王众成三面包夹着山门口的空间，其中正前面站第二排的几名弟子，二话不说就朝前举起手臂，手指拉动机簧，淬有“锁血杀”的毒袖箭同时激射！

圆性早有准备，他一过山门，已然将身子偏侧，用左边身体迎向前面，耸起左肩遮挡颈项，又屈曲举起左臂掩护眼目。他保持这样的姿态，朝敌阵中央全速冲入！

六枚袖箭几乎不分前后，射入他左臂和胸腹之间，全数没入那袭五色袍！

前排的术王众见暗器一举全中，正在兴奋——

一物如猛龙出洞。

阵中一个手握长枪的术王弟子，鼻梁轰然炸开血花，整个人倒在后排同伴身上！

——这家伙没有中毒！

这自然是，毒箭都被圆性藏在袍下的铜人护甲抵挡之故！

圆性按王守仁的吩咐，以护甲对着敌阵中央硬冲。王守仁的计算是：术王众虽然有三面包围之利，但两边侧翼不能使用飞射暗器，否则射失就极容易误中对面的战友，因此只有中央一组的术王弟子会发箭。

先前死在庐陵县城的五十个术王弟子，也曾经不顾自己人的安危，在混战中胡乱发射。但王守仁深信到了这关头，波龙术王剩下的弟子已不多，不可能再随便牺牲，因此必然会严格约束弟子的打法，不会再有如此暴举。何况波龙术王既已选择借助地利与阵法去决胜，就更加不会轻率地让弟子自相残杀陷入混乱，导致阵势崩溃。

——波龙术王越是以理智计算，王守仁反而越有应付他的把握。

圆性的六角齐眉棍闪电吐吞，术王众还未看清刺出来的是什么兵器，他已将棍收入怀中，手掌化作阴把反握，另一端棍头这次自下向上，夹带沙尘激烈卷起，狠狠撩击在另一人胯下要害之上！

少林棍法刚劲非凡，那术王弟子整个人被打得离地，已昏死的身子飞起来，又是摔到后排人丛里！

术王众受药物和咒音的刺激，久已蓄积的杀气也在这时爆发，前面一排人马发出兽嚎般的叫声，五杆长枪往圆性处密集急刺！

圆性咬牙。花了这么多计算与冒险才冲到这个距离来，他绝不能退，拼上身体也必定要进入近身混战。一退，敌人的毒暗器又会再来。

他面对五枚凶锐的枪尖，两足半分不退，双手提着齐眉棍以“举鼎势”扬起格架，同时腹下丹田沉沉吐气，全身运起少林“铁布衫”硬功，并以借相之法，观想自身化为了一块坚铁！

齐眉棍只能格去其中两枪。另外三柄，一柄刺在他肩头，被圆性的铜肩甲挡住，擦身而去；其余两枪却结结实实地刺在他左边胸口和侧肋上！

枪尖虽然刺不破镶铜的铁甲片，但那猛烈的劲力仍是透进身体。圆性因为要同时抡棍防守，“铁布衫”并不能贯足硬劲，只及平日五成，两枪的力量撞得圆性五脏翻腾！

然而他强忍着这剧痛。

——绝不能动摇！哪怕只是一分一毫！

圆性紧闭着气息，硬是把棍上架着的两柄枪杆猛顶回去，那两个握枪的术王弟子站不住脚，跟身边的人撞成一团！

这时左右包夹的术王众也已攻至，许多柄刀枪，都往他两侧后方刺砍过来！

圆性感觉就如从前在少林寺打入“木人巷”深处、身周都是强敌包围、完全看不见出口的时候。

但是跟在“木人巷”时不同。这次他并非孤身一人。

术王众这时才发觉，圆性宽壮的身躯，掩护着后方另一人的到来。

一长一短的刃光振起。

“雌雄龙虎剑”。

燕横一双清澈的眼睛，在黑夜里绽放出坚定的光芒。

就在圆性背后，他舞起青城派“圆梭双剑”的连环剑花，“龙棘”与“虎辟”高速交替，彷佛化为一团刃球！

刀刃飞弹。枪杆断折。

招呼向圆性背项的兵器，尽被“雌雄龙虎剑”抵挡开去！

这一招其实颇为凶险，“雌雄龙虎剑”无比锋锐的刃尖，全都在圆性背项前数寸处掠过。

这是信任——圆性绝对信任燕横出招的精准；燕横也信任圆性能够抵住前头的压力，半寸不退。

圆性得到燕横掩护其身后，得以回气吞吐，压住内脏的伤痛，专注于攻击前头。他把齐眉棍变回正手长握，棍头来回圈打，镇住了敌阵中央。

同时燕横再上一步，贴近圆性的背项，侧身以双剑攻向右方，掩护着圆性没有铜甲保护的右半边身体。

少林与青城二侠合璧，展示出天下“九大门派”货真价实的威力。

前方又一名术王弟子闪躲不及，被圆性一记“紧那罗王棍”的“拨雾势”击中，包镶铁片铜钉的棍首侧打在他左耳上，一股血花从另一边耳孔射出，顿时吐血身亡！

同一刻，燕横以左手“虎辟”短剑架着一柄劈向圆性头顶的单刀，右剑“龙棘”长长的金黄锋芒疾吐，没入那刀手的喉咙，紧接着“虎辟”又抽回来，往右腋下顺势拖割，命中另一只拿着战斧的拳头，三根手指与斧头一起飞脱！

——经过与波龙术王一战的洗礼，燕横的双剑比先前更精确紧密，而且开始擅长运用两柄不同宝剑的优点特质，威力已彷如两名各拿长短利刃的剑士协同作战。

可是燕横专心掩护圆性的右侧，等于将自己的背项卖给了另一边的敌人。术王众左阵里一个刀手眼见机不可失，抽起柳叶刀就朝燕横后心刺过去！

另一阵剑风涌起。

一片颜色乌哑的剑刃，在黑暗里几乎完全隐没。

但那剑势，不用眼睛去看都感受得到。

青城派“风火剑·星追月”！

那术王弟子还未伸尽的右肘，被这快剑刺中筋腱，劲断刀失，惨叫着向后倒退！

乌黑的“静物剑”一刺即收。

一个娇小的身影，已然援护着燕横的背后与圆性的左后侧。

童大小姐，驾到！

那左阵前排的术王众，看见出现的是个这么娇滴滴的少女，更激发起他们的兽性，三人同时朝童静飞扑攻去！

童静这一刻再次记起练飞虹的话。

——不相信自己的人，才会成为别人的负累。

从前的她只是喜欢剑。但这一刻，她以前所未有的专注去战斗。

——因为这关系到许多人的命运。

——也为了那些无辜死去的人。

童静身影一移，原本就娇小的身体缩得更矮，先攻来的一柄长枪在她头顶掠过的同时，她已经以“风火剑”的第十七势“破泽”，斜斜削破那人的右膝关节！

这时童静感到另一个敌人从左侧攻来。她谨记着练飞虹的教导：在群战之时用剑不要劈刺太深，因她力气小，一不小心剑刃深陷敌人肢体，就来不及拔剑应付下一人了。刚才的“破泽”她只用剑尖前两寸去削对方弱点，此刻“静物剑”一收同时一转，顺畅无碍地接上“风火剑”的第九势“里开扇”，剑身垂直掠往左旁，她并将左手搭在右腕帮助，正好把第二人横刺过来的单刀挡架住了！

——这招“里开扇”是青城派正宗的防守剑招，以弧形轨迹运行而非硬挡，加上童静懂得补救自己的不足，辅之以左手的力量，因此她虽不如对手力雄，但却能抵住这记猛斩。

在挡住的一刻，童静只觉眼熟，对方这柄刀不是别的，正是荆裂的雁翅刀——上次在这里给梅心树夺去，继而被这术王弟子占用。

童静跟燕横练习“风火剑”拆解对剑已有好一段日子，习惯了兵刃交碰的应变感觉。这时她一感到对方雁翅刀弹开就闪电变招，左掌仍拍在握剑的右腕上，两臂同时顺转腰之势举起，以“风火剑”第十二势“鹰扬羽”，从中宫自下向上反撩而起！

“静物剑”的刃尖，在那刀手的喉咙与下巴中央，破开一道垂直的血口！

同时第三个术王弟子又来了，朴刀自右迎头砍向童静！

童静本可顺势向后跳开闪避。但她拒绝。

——我一躲，和尚跟燕横的背项就会暴露。绝对不可逃避。

她咬紧银牙，借着“鹰扬羽”撩剑的动作，将“静物剑”横在头顶，以一记“迎天檐”护着顶门。这次真的要硬挡了。

朴刀砍在剑身上，爆出火花来，几乎就将“静物剑”打到童静头上！

那拿朴刀的术王弟子，本可借着这优势继续压逼下去，但他眼见两个同伴竟瞬间在这少女的快剑下崩倒，心里不禁慌了，只把朴刀拖回护身，想要先看清形势再说。

童静已然感受到对方的虚怯——战斗，也是一种沟通。

这是最完美的机会。

童静右臂收剑，蓄势欲再刺出。

那术王弟子察觉将要发出的剑势，急急举起朴刀长柄去挡。

剑未发。因为这是虚招。

正是练飞虹苦心传授她的崆峒“花法”：“半手一心”！

“静物剑”以微妙的时间差，就在对方举柄到半途之时发动，一记崆峒派“十五练手剑”的“白猿投石”，就从刀柄底下刺入，没进那人喉颈！

童静收回沾了三人鲜血的哑黑长剑，横在身前，傲然挺立在圆性和燕横后头。其实她心有余悸，刚才以一敌三，她自觉非常凶险，只是仅仅生还。

可是看在对面的术王众眼中，却完全是另一回事：他们看见的，是这个看似风也吹得起的少女，瞬间就以闪电快剑，连续杀伤三人！

——连个小女孩都如此厉害……他们到底是什么人?

童静对术王众产生的震撼，比之圆性和燕横犹甚。

圆性、燕横、童静三个武者，构成一斜斜的“品”字形阵式，如刀插入了术王众的半月阵，其势锐利非凡，一眨眼就有八人被这兵锋杀败。

“再冲！”圆性猛呼一声，振起齐眉棍，居后的右足原地一蹬，左膝提起向前跳踏，使一个半步的“顺步劈山势”，迎头向前直打，仍是偏身以半边“铜人甲”保护自己！

先前刺中过他的两柄枪又欲再搠，但圆性棍势极快，后发先至，硬地将两条刺到半途的枪杆都打折，往下的余劲还击在其中一人脚掌上，登时肉破骨裂！

圆性的猛攻令前排的术王众心神大震，谁都害怕那足以开碑裂石的铁棍头，就连物移教的药物咒语都压抑不了畏缩的本能。整个中央战阵互相推挤，向后撤了两步，更造成一股混乱。

左右两翼的术王众，害怕整个半月阵断裂出现空隙，也只好随着中央稍退，以保持连成一线。

——义军武者仅以三人之力，就将术王一方整个百人大阵，打得倒退！

燕横和童静紧随圆性上步，擎剑戒备左右。

在战阵最后头居高临下看着的波龙术王，目中燃起怒火。他狠狠盯着隔在人群外的圆性。

——又多一个这样的家伙……究竟打哪儿来的?

术王以为圆性只为模仿他而刮光了头；圆性额头的戒疤也被黑墨绘画的假咒文掩盖了，因此术王看不出他确是个和尚，否则必然已经联想起少林寺来。

“不许退！”波龙术王高叫。他从未在弟子面前显得如此焦急。

圆性三人这一压逼进去，那片原本被术王众围得狭小的山门内空间，顿时扩阔不少。

于是闯关的第四浪又来了。

独眼山贼梁福通举起双斧，率领第一批八个前锋兄弟，成两列冲入了山门！

“把命拚了！”梁福通呐喊助威下，两边各四个山贼挺起木板盾牌来，从后跑进去跟前面三位侠士会合。

这些山贼没有像圆性等武者般受过训练，加上拿着沉重的盾牌，脚步没能跟得上去，两边还未跟燕横和童静接上，已被术王众的两翼察觉，术王弟子见机不可失，群起向他们阻截进攻！

走在中间的梁福通比较敏捷，但也无法兼顾两方，只能选择往右，狠狠向那边涌来的术王众挥斧。

一个术王弟子刚刺出长枪，被山贼的盾牌及时挡住，枪尖陷在木板里一时拔不出来，那人就被梁福通的斧头当头砍中！

山贼知道这是关键时刻，拼出比平日做买卖时更大的狠劲，用盾牌顶开劈杀而来的刀枪，吃力再推进几步，右侧终于跟燕横连成一线。

可是另一边却势危，冲在最前面的山贼虽然举盾力抗，但正好遇着一名格外高壮的术王弟子，那人一柄沉重的厚背砍刀劈来，竟将这山贼的盾牌连同头骨都劈裂了！

童静看见想去帮忙，然而在她跟前的几名术王弟子也配合着同伴的攻势，挥刀牵制童静。童静不敢离开圆性和燕横的背项，只能回剑连环疾刺将他们逼开，却也无暇去协助山贼群了。

眼见左方的空隙扩大，这闯关的阵势快要崩溃，前头三人跟后援之间将被切断——

空中传来异响。

刚才劈出砍刀那个高大的术王弟子，应声向后仰倒，额头钉着一把带有红巾的飞刀！

他身旁另一个术王弟子循声向上看，第二柄飞刀又旋飞袭来，贯入胸膛！

只见那山门顶上，蹲踞着一个大鸟似的身影，月光照出飘扬的白须。

原来飞虹先生在燕横和童静杀入山门的同时，已用铁链飞挝一气登上了门顶，居高临下看着整个形势，一见阵形出现危机，即发出“送魂飞刃”堵塞那空隙！

练飞虹连杀二人，并未怠慢，立时从门顶飞扑而下，半空中左手已快拔腰间西域弯刀，着陆在己阵的正中央；再借落地的余势奔前数步，已然与童静并肩而立，“日轮刀”反手撩出，把正在攻击童静的其中一柄刀击得脱手飞去，正好打在后面一个术王弟子的大腿上，令其血溅扑倒！

练飞虹整个动作，从飞跃拔刀、着地前冲再到出击，身姿如行云流水，尽显崆峒派一代宗师的超凡实力。

童静骤得强援，更无旁骛，“静物剑”朝向其余两个刀手，再使出诈敌的“半手一心”，这次却是指左打右，剑式作势向左边那人先攻，微妙半拍间却一转挥削向另一人！

那人握刀的前臂筋脉遭剑尖一抹割断，剧痛之下弃刀、惨叫、飞退！

练飞虹瞥见童静竟能将他所授的剑诀，临场加以变化应用，心头大乐。

在阵势的另一边，燕横已经跟梁福通和众山贼会合，减少了侧后方的忧虑，更加放胆助圆性进攻前头。他架式变成以左足居前，靠着刃身宽厚的“虎辟”开路，劈去敌人伸来兵刃，右手“龙棘”随之迅疾刺入那打开的空隙，一名敌人右目立时化为血洞！

明明是个脸上身上到处都还受伤包扎着的少年，一对长短双剑之快之辣，却令平日如狼似虎的术王众都心生寒意。

“来吧！”燕横这时咧开牙齿狠狠地说：“你们那个术王，也是被我一剑砍伤的！”

这句话当然是王守仁吩咐他说的，但也确是前晚一战的事实——虽然燕横自己身上所受的剑伤，是波龙术王的许多倍。

术王众一听，虽未完全入信，但心里不禁产生一丝动摇。

这轮打斗间，后面又有十多个山贼持着盾牌涌进山门，更扩充了义军的阵容。

如今他们以“破门六剑”四名武者为前锋箭头，两边则排列着木盾紧守，合成一个巨大的三角尖锥阵式。

王守仁策划的破关之阵，经历许多艰险，终于成形。

——但是跟胜利仍有距离。

在门外的山路上，王守仁率领着大队民壮向前推进，同时大呼指挥前头的其他山贼：“冲进去！不要退！”

波龙术王眼睁睁瞧着敌阵像锥子般插进关口来，硬将那空隙扩大，恨得咬牙切齿。

如果按照兵法，术王众此刻应该放弃两边包夹，从半月阵变成半斜阵，顶着敌人前锋推进同时，集中力量攻打其中一侧；又或索性自行中门大开，引敌人前锋冲得更深，左右二路将其与后部切断，一边封锁山门关口，一边围剿对方深入的少数孤军……

然而他们不过是波龙术王几年来招集的流贼匪人，并没有经过什么调练；术王众平日横行霸道，更从不讲究合作战斗，多是各有各打，就算同伴死伤也没有救助之心。如今要他们同心协力转换阵式，实在不可能。

再说，术王巫纪洪虽然有心计，但毕竟只是武当派出身，没有真地学过兵法，设这个半月阵只是靠武者的直觉行事，指挥能力跟自小遍读兵书的王守仁相比更是差得远了。

圆性早就牢记着王守仁的指示，知道这阶段己方阵势还没有站稳，眼下刻不容缓。

“跟着来！”他大喝一声，又再提着棍向前挺进。燕横和童静也左右紧随，这次主动向着两边斜前方的敌人攻过去。练飞虹则在稍后居中，凭他丰富的经验，随时左右策应。

四人如枪尖杀入，目的就是要从敌阵中央打出一个缺口，将之一分为二。

“放箭！”波龙术王这时高叫。敌人既塞在中央，已再无误射自己人的顾虑了，他马上下令弟子施发暗器。

中间一列的弟子已经与圆性等四人进入肉搏混战，一时血花飞溅，杀声与惨呼交替起落，乱局中再无放射袖箭的余暇。

左右两翼的术王弟子则按着号令，纷纷拉远距离，各排成一列举起手臂瞄准。

守在锥阵两边的山贼早就戒备，这时每边已经增加到十二三人，他们紧紧排列着举起木板盾牌，低头缩到后面。

毒箭从两侧纷纷射出！

“呀！”锥阵两边都有人惨叫。山贼们毕竟不是受过训练的军队，这战法只是王守仁今天临时拟定，未经过演练，盾阵不免露出空隙来。左边一人与右边二人都被“锁血杀”毒箭射中，登时倒下。

眼见中箭者手上的盾牌也要跌落，却已有人上前将盾接过扶稳，正是填入了锥阵中央的山贼。

王守仁已向他们下了死命令：一人倒下，另一人必得补缺，不可有半分犹疑。

“你们要记着。”在县城时王守仁就向义军全体告诫：**“打仗这回事，若有一两个人临阵贪生怕死，却步不前，一个小小的缺口，足可令全军覆亡；反而每个人忘我舍命，往往能够一起胜利生还！”**

这时刚射完袖箭的术王众退后，换来后面第二排同伴在前，又再一起举着衣袖。

山贼们谨记王大人的命令，继续挺起盾阵，鼓着前所未有的勇气，再次迎对第二轮剧毒箭矢。

这次又再有四人中箭倒下。

“上！继续！”身在中间的梁福通，高叫着催促兄弟前仆后继补上，同时指挥整个盾阵紧跟着前头开路的侠士挺进。

他没有看那些横死在阵里的兄弟。只是一只独眼已经流下泪来。

王大人交给他的命令，就是要坚守着这关头，让己方阵势得以再壮大，并且消耗敌人的歹毒暗器。

“一定会有人牺牲。”他当时向梁福通沉重地说。

梁福通活了一把年纪，又当了流贼这么多年，什么残酷的惨事没有见过？可是这刻他无法不激动。

**——因为这一次死的人，既不是为钱，也不是为自己活着。**

这时锥阵又再逼入术王众中央，后援加入的山贼更增，两侧盾牌已经各有二十面，整个阵式又再扩张，攻入山门来的已达六十多人，开始跟术王众拉成均势。

两边术王众再射了一排毒箭后，已是无以为继。他们这才醒觉，对方不攻过来不是畏缩，是为了消耗他们最厉害的暗器。但如今才明白已是太迟——那机簧袖箭再装填颇为费时，在这么接近的战阵中并没有这样的空档。

梁福通也察觉射箭的敌人已经寥寥无几。看看地上十几个兄弟的尸体，他心里狠狠立誓：

——为了你们，必定把这些妖人杀光！

同时在前头，圆性和燕横等人已经跨过七具新添的尸体。

整个义军的锥阵，前后互为依存：后方众人要靠前头的高手拼死开路，否则只有停滞捱打，无法扩张；前锋圆性他们若非有后面的队伍源源不绝地充实阵形，掩护着背后，也只会成为深入敌阵的小小一支孤军。不管是武者、山贼或民壮，只有同心连成一气，才可能成功打出这突破的战况来。

术王众的中央阵势开始薄弱。

波龙术王眼看己方节节失利，中间将要被对方的前锋冲破。

他心里虽仍在顾忌着，敌阵里是否还有更多武林高手，但是此刻他再不亲自出手，己阵就要崩溃。其时这片“清莲寺”前的空地，就不再是对他有利的关口，反倒成为无处可逃的葬身之所。

——就让他们看看真正的恐怖吧。

武当派的银白长剑，缓缓自腰间出鞘。波龙术王巫纪洪的形貌，也已从理智谋算的将领，变回从前疯狂的魔头。

“让开。”

波龙术王正要排众策马上前，亲自迎击圆性等人的时候，突然察觉后方远处有异样。

太亮了。

先前为了不让敌人看清地形和布防，他严令“清莲寺”前后都不要点火照明。

可是这一刻，却有光源从他背后远处透来。

波龙术王一回头，原本奇大的眼睛，因错愕而瞪得更开。

“清莲禅寺”那画满咒文的殿宇，冒起了火焰。

# 第三章　火烧清莲寺

孟七河高举一个装满烈酒的坛子，站在“清莲寺”后方矗立的峭壁顶端，瞄准差不多十丈下的寺院殿顶狠狠摔下去，准确命中屋瓦，打破瓦片直跌入寺中。

其他十几个山贼也在忙着，不断将辛苦背上山崖来的坛坛罐罐扔下去，每扔一下都有一股快感。

——走得这么累，就是为了这一刻！

在孟七河的带领下，他们二十一人终于完成这黑暗中负重攀山的艰苦旅程，赶在午夜时分登上东面的壁顶。

——先前在西面山门那边，义军一直按兵不动，就是要等这壁顶点燃火光的信号。

这峭壁甚高耸，山贼的瓦罐与酒坛当然无法全数扔中，但有七八成不是摔破在寺顶上就是穿瓦而入，也有一些落到寺庙后院一带，撒得“清莲寺”内外都是烈酒和油。

虎玲兰这时已经点着了第二支燃烧的火箭，搭上弓拉开弦线，往下瞄准，准备再增加火头。

波龙术王想都没想过这儿会被人从后袭击，只留了少数几名弟子在寺里看守。其中一人这时从寺里走出来，一手握刀，另一手提着五色教袍，走向刚冒起的第一丛火焰，想要去灭火。

火光照明下，虎玲兰格外眼利，一看见那术王弟子，就迅速改将弓箭对准那身影。

随着弓弦弹动声，火箭在夜空中彷佛化作急坠的流星！

那术王弟子只略一抬头，燃烧的箭镞已然钉入他心窝，整个人带着火焰倒在一摊酒里，身体迅速起火，没挣扎几下就断气。

“吁……不得了……”孟七河看见忍不住吹了一记口哨。这壁顶与下面寺院几乎达百尺距离，下面的人从这里看来比手指头大不了多小。虽说箭矢向下直射，远程的下落曲线较小，但虎玲兰如此神准的箭术还是相当惊人。

——这女人真不简单！

虎玲兰却没有看他一眼，面容冷傲如冰，专注地再搭上另一枚浸过油的劲箭，凑往身旁地上的小火堆点燃了，又再向下面的寺院发射。

她那俯身张弓的姿态英武又健美，壁顶卷来的山风吹拂着她渗汗的云发，箭头的火光映照着晶亮而坚定的眼神。在月光与黑夜的衬托下，犹如一幅暴烈又迷人的图画。

好几个山贼都看得呆住了。他们心里感叹：能有机会跟这样美丽的英雌并肩作战，是一生的福气。

——几十年后，他们有的人还在跟自己孙子说着今夜的故事。

虎玲兰连发数箭后，“清莲寺”已然冒起四五处火头，扬起浓浓的烟雾来。寺里人声喧闹，显然正在救火，但看那火势之迅猛，已经难以收拾。

正义的焰火，在无情地焚烧着这座邪恶的巢窟。

一众人看着这火势，不禁兴奋地挥拳高呼。先前从青原山攀山越岭而来虽然痛苦，但看见这一幕，他们感到就算再多走一倍的路也值得。

孟七河将八卦大刀背起来，露出自豪的笑容。

——我没有辜负王大人所托！

波龙术王自恃“清莲寺”后面有艰攻不破的天堑，因而把全部兵力都集中在前头的山门，不料王守仁却偏偏对他最放心的地方施以突袭。

——绝大的地利优势，反而容易造就人心的盲点。这就是兵法之奇妙。

泗塘村那四百人就被安置在“清莲寺”南面旁边的空地上，那儿也有几名负责处决人质的术王弟子在看守。这几个人本来正在关心山门那边的战事，并未留意寺院受到火攻突袭，如今赫然发现火光，都急得跳了起来。

“快……救火！”其中有人高叫着，就想要去命令那些村民，但这时才想起来：为了防止作战中人质乘机在后面作乱，术王早就下令把众村民的手脚都绑起来，还再用长长的绳索连环缚在一起。

现在才去解绳叫村民帮忙救火已经来不及了。他们见身旁有两个用来盛粥的瓦罐，早已经被他们吃光，焦急起来也顾不得太小，就拿起来跑去前面的小溪取水。

在峭壁上，唐拔跟另一名山贼已经把带来的大团绳索结好，将一头固定在岩石树木之间。

这时又有人影从着火的“清莲寺”后门奔出来。虎玲兰正要用箭瞄准，却看见是什么人，马上把弓垂下，眉头大皱。

孟七河也看见，那是个身体瘦削的女子，跌跌撞撞冲出来，跪到后院中央，看来很是辛苦，大概是被浓烟呛着了。

“糟糕！快！”孟七河急忙催促唐拔把绳索弄好，他自己则忙着将一束绳圈挂在身上。

同时，在山门前的战阵，术王众赫然看见后方大本营“清莲寺”烧起来，不知道对方用了什么奇策达成这火攻，一时都陷入慌乱。

“另一队敌人已经攻进来了吗？从哪儿来的？”

“要是腹背受敌怎么办？”

“已经守不住了……”

火焰烧着了“清莲寺”，同时也燃起他们心中的疑惧，并在众人之间蔓延。

术王众的阵式顿时变得松散。

王守仁千辛万苦制造这同步的火攻，就是在期待这个效果：他真正要烧的不是那寺院，而是敌人的意志！

圆性和燕横等四人见敌阵变得弱势，机不可失，更加紧向前冲杀过去！

术王众的抵抗念头被后头的大火削弱，面对前面猛如龙虎的“破门六剑”，更加无心拼杀，只管向后倒退逃避，一排接一排地挤压在一起。

最后排那些术王弟子也被情绪影响而退后，其中一个一不小心，背项竟撞在波龙术王的坐骑上，碰得马儿跳步轻嘶。

“对不——”那弟子吃了一惊，惶恐地回头，还没说完第一句，头颅即与身体分家，旋转飞摔出去！

其他沐在血雨中的弟子，背脊发寒。

波龙术王提着沾血的长剑，那张纹着咒文的脸，因愤怒而在强烈地颤抖。

存储在“清莲寺”里那大批辛苦炼制的“仿仙散”，即将付诸一炬。他本要到手的资本，化为飞灰。

但现在他不可能调动弟子去救火——眼前这战阵只要一破，即是全线兵败，那后果将远比失去一座“清莲寺”和几十箱“仿仙散”严重得多！

锥阵在“破门六剑”率领下又更深入。圆性与波龙术王之间，只隔着三排术王弟子。

数十名山贼先锋早已经进入山门内，排在他们后面的庐陵民壮也鱼贯而入。王守仁拔出佩剑来，在门生拱护下率领民壮入关，得以看清如今的形势。

关内的锥阵已然填塞了过百人，数目反过来压倒了术王众。

“进攻！”王守仁见时机已至，举剑号令。

梁福通听到王大人的指示，向两边的山贼兄弟大叫：“分！”

山贼们会意，突然一同抛下沉重的木板盾，提起各种兵刃、农具、竹枪向前冲，化被动防守为主动进攻！

——他们等待这时刻已经许久。憋着的一口气一直在等待这个爆发的时刻。

锥阵两侧犹如鸟翼展开，全体冲向敌人，正面肉搏对决！

身在阵线中央的圆性，那半边铜面具上尽是点点血花，乍看难分是佛是魔。他棍下所诛的敌人已累积到十一名。

这时突有一股尖锐的杀气出现在前头，与先前面对的百人截然不同。

——武当派的，你终于来了吗?

圆性半边嘴巴在笑。

健马排开中央的术王众，迎圆性出现。

一片反映着月光与火光的金属，在马鞍上方闪耀。

站在圆性后方的飞虹先生瞥见这光芒，同样感受到强烈的危险，受伤的右臂也隐隐刺痛起来。他一掠身子，转移到童静跟前掩护。

另一边的燕横一样生起警觉，握着“雌雄龙虎剑”的两手掌心如火灼般发热。

——今天，不会让你再杀人！

那匹巨马一个跨步就往圆性面前跳来。

圆性仰头，看见月光底下一个高得吓人的骑者身影。

圆性无畏地迎上，施展“紧那罗王棍·飞天叉势”，铁棍头高高地往那骑者身上挑打！

波龙术王却更早一步发动，在鞍上猛向下俯冲半身，长臂借势急舒，银剑从高处如雷霆击下，直取圆性右眼！

以兵器长度论，圆性的齐眉棍本应大占优势，但波龙术王身高手长，弥补了这个长度差距，这招马上俯身快剑，剑与手臂合成一线，彷佛一整条长枪标射而出！

圆性虽然也有听过燕横等人描述波龙术王的身材，但此刻亲身体会才知道是如此惊人，先前未料到对方的剑法竟有这等攻击距离，眼看自己要先一步中剑，只好急急往右拧转头脸，同时撤棍回救！

武当长剑被棍略一架偏，加上圆性侧首闪避，刃尖刮过他左额，与那夜叉面具擦出星火！

——若非有这铜面具抵住，他额头早就裂开挂彩。

圆性已然经过一轮激斗的消耗，又受了内伤。但经这第一招交手他不得不承认：波龙术王的武功，比他在西安见过的所有武当弟子都更厉害——也许桂丹雷除外。

波龙术王一刺即收，马上的身影好像从没动过一样，速度极是惊人。

燕横正要上前助战，但圆性伸手止住了他。

“你们快去助阵！”圆性大喝。

燕横和练飞虹往旁一看，只见左右两翼的混战里，已有七八个山贼倒下来！

术王众虽也有一二人被杀伤，但可以看出双方战力的差别。

术王众是巫纪洪逃出武当山后，流落江湖期间所收拢的部下，大多本来就是地方上的盗匪，不少人都有武功根底；他们这些年受到波龙术王和几位护旗的武艺训练，加上所用的兵器较精良，与孟七河这伙穷酸山贼相比，术王弟子的个人武艺与战斗力，平均高出了一截。

如今阵中仍然站着的山贼只余不足六十人，而他们已经是义军里比较可靠的精兵，一旦牺牲，后继的民壮更难跟术王众正面战斗。

“拼了！”梁福通见兄弟伤亡惨重，恨得把嘴唇也咬破，将双斧向前抡去。无奈他跟前那个术王弟子并非等闲，曾是淯阳一带横行的大盗，个子虽然小，却又灵活又狡猾。他低窜闪过那对斧头，一刀偷袭梁福通旁边一个山贼的腿，将他膝盖砍破。

燕横知道，再不能让山贼牺牲下去。他想到这些人都是受王守仁感召而来将功补过，每一个都是血性汉子，心里更是不忍。

“交给你了！”他毅然放弃夹击波龙术王，向圆性说了一句，就往右投入那白刃群战之中。

单是燕横踏出这一步，已经令术王众大为顾忌，阵线齐齐向后退了数步。

——燕横已然具有这等高手气势与风范。

他连架式也不摆，“龙棘”长剑就像突然变成活物般振起来，直捣刚才那名矮小的术王弟子心胸！

那术王弟子又再用身法斜斜急退。但这种程度的身法速度，燕横哪会看在眼里？他紧接着就上步以“虎辟”追击！

这次术王弟子已来不及闪避，只得用手上的单刀横在身前抵挡，却只能把“虎辟”挡偏两分，开有剑脊血槽的“虎辟”宽刃刺进其胸肺，他顿时吐血而亡！

此人已是术王众里武艺较好的一个，却抵不了燕横两剑。

另一边练飞虹和童静也一样加入了战团，顿时就把形势逆转。

崆峒“日轮刀”所过处，不是惶然退避的身影，就是血花纷飞的断肢。

童静经过两次施展“半手一心”，对自己的剑技信心大增，一想到庐陵那家饭馆的曾老板四口是如何无辜地惨死，她就对术王众毫不留情。

到了这个关头，左右战争胜负的，仍然是这几个武者。

波龙术王当然也明白这一点。

——必先杀这家伙！

波龙术王从高处盯着圆性。他看出“破门六剑”互相依赖的情谊，心里盘算：只要击杀得他们一人，其他几个必然心乱，自可逐一破之！

马蹄再次扬起。波龙术王把剑提起到脸侧，又再朝圆性蓄势。

圆性仰头注视。波龙术王的剑击简直犹如从天而降，圆性从未对过身高如此夸张的敌人，应付这样角度攻击的经验甚少，又更增加了他防御的难度。

——但我一定要接下这剑来。

波龙术王摆起架式，却仍然未发招。

只因他真正的目的，是要将圆性的注意力都吸引到上方去。

站在波龙术王马旁的几个弟子，都属于阵势中央最后排，一直没有加入战团，只在后方陪着术王压阵，并未被注意到。

其中一个披着五色斗篷的，将头盖拉低了，连面目也看不清，只是站在同伴间没什么动静，也未跟随同伴助威呐喊。

此人就在这一刹那，俯身从人丛间冲出来，其奔速之快，令那斗篷飘起。

藏在斗篷底下的两臂，这时才露出来，正垂握着一件巨大的兵器。

这身影疾冲向圆性，从下而上扬起一抹金属的光芒。

一柄带着锯齿的大刀。

圆性本来全神与波龙术王对峙，突然遇上袭击，更没想到术王众里竟仍藏着这样的高手——而且等到这个关头才出动！

少林寺修炼十七年的战斗反应，已然深入骨髓。

圆性本来立定的马步，刹那间硬生生地跳起离地数寸，并缩起左腿护在胯下；同时他双手横握齐眉棍两头，朝下闩拦。

冲来的霍瑶花，将头颈和上身都横倾向一侧，用上全身之力，加诸在这记撩斩上！

大锯刀砍到圆性棍身和穿着铜甲的左小腿上，发出响彻战阵的鸣声！

齐眉棍被斩得震出木屑来。圆性则因为这记冲击，连人带甲向后方飞起！

霍瑶花的斗篷这时已褪去，露出皎白的脸庞来，瞬间显现其傲然的微笑。

圆性整个人凌空失控。

真正的危险却在此刻才到来。

波龙术王那长躯，这次索性从马背上跃出，配合着武当派“梯云纵”轻功身法，以“武当飞龙剑”直取圆性心胸！

圆性在半空中尽了最大能力扭动身躯闪躲，剑尖虽未贯胸，但还是深深地从他右肩锁骨上方刺进！

圆性右肩颈之间喷血，全身重重地摔倒在地！

即使受到如此重创，圆性齐眉棍还是没有脱手，他卧在地上勉力抬头，眼睛愤怒地盯着前面的两名强敌，单手将棍头指向他们。

波龙术王大乐。他最喜欢这样不服输的对手——在杀死他们时总是乐趣加倍。

这样的诛敌机会，波龙术王自然不放过，他一双长腿迈开步法，准备向地上的圆性补上致命的一剑！

燕横、练飞虹、童静都因霍瑶花那一刀巨响，察觉到这一变故。但他们正陷身在战阵里，无人能及时抽身赶过来救助。

童静惊得眼眶湿润。

——快要失去重要的同伴，是一件无法接受的事情。

这时却有四名站得最近圆性的山贼，冲出来掩护在他身前！

他们都听闻过眼前这个高大魔头有多可怕，心里充满恐惧。八条腿与手臂都在发抖。

可是有一股更大的能量，驱使他们挺身而出。

——这种能量，是王守仁引发他们产生的。

“不要！”圆性正要阻止，但四人已经朝着波龙术王举起兵器。

波龙术王的邪笑更灿烂了。

——既然是不怕死的人，我就让你们去死吧。

他阔步一踏开，手上银刃迅疾起舞。

武当派“褐蛇”级数的快剑，并非这些寻常的村野山贼能应对的。

血浪泼洒。四人里只有一个比较侥幸，只失一只手掌。

波龙术王踏过新倒下来的三具死尸，再次向圆性接近。

这时他却听见，前头出现一阵急激的蹄音。

他向前眺视，只见敌阵中央的人丛，不知何时已经往两旁分出通道来，一道快影向这儿接近。

**黑衣的骑士。黑色的骏马。**

一条犹如长蛇之物，夹着破空的呼啸鸣音，急激飞射而来！——梅师弟?

波龙术王此刻心头所受的震撼，无法形容。

但这并未影响他的反应。波龙术王举剑在面前，挡住那飞物的攻击。

两者一碰触之下，长铁链绕缠在术王的武当剑上好几圈，方才停顿。

波龙术王这时看清楚了，那链端扣着的利器不是别的，正是属于梅心树的弯刃。

正策马在阵中冲锋的，当然就是荆裂。

黑色的披风如云卷起。

荆裂那斜斜包着黑布带的脸上，杀气逼人，眼睛狠厉地盯着波龙术王那高大的身躯。

——终于看见你啦，混蛋。

荆裂挥掷出飞刃后已把铁链脱手，腾出右手来拔出马鞍旁的一柄铁单刀，策骑的去势没有半丝停滞。他继续乘着马儿前冲的速度，将铁刀拉在脑后，势如塞外骑兵，朝着波龙术王施以马战快斩！

波龙术王当然已知道，眼前这个犹如从魔界突然出现的黑骑士，正是杀害梅师弟的仇人。

二人的距离正在迅速短缩。中间的空气，彷佛充塞着能烧灼皮肤的强烈恨意。

荆裂虽骑在马背上，但高度几乎与站立的波龙术王平齐。他运起腰身和肩臂，铁刀从右侧横扫！

波龙术王立定脚步，坐胯沉肩，运一口气将长臂挥出，以“武当势剑”的刚猛力量迎击这一刀！

两刃相交，其中一柄断裂开来，一大段被击得旋飞向天！

荆裂的马儿在波龙术王身旁掠过。

手中只余半截断刃。

——这柄铁刀只是在庐陵衙门里找到的旧兵器，材质铸工都不佳；波龙术王的武当剑乃千锤百炼的上品，更经寒石子淬磨过，铁刀无论在坚韧和锋利程度上，都完全无法相比。

荆裂这一斩之后，将断刀挥到了左耳侧，就在马儿奔过时又再反挥出，在甚短的距离下，将断刀斜斜飞摔向波龙术王面门！

荆裂这一斩一摔的连招甚快，波龙术王略感愕然，但也及时再将长剑横扫，在身前不足一尺处，格走这柄旋飞击来的断刃！

黑马这时才掠他而去。

这掷刀飞击的动作全无半点停滞，令波龙术王几乎抵挡不及。荆裂能够这么快，波龙术王只能想到一个原因：**他连自己的刀会被斩断这件事，也早计算在内！**

——此人能杀梅师弟，果然不是侥幸！

荆裂越过波龙术王后，变成冲向术王众的中央阵地。有几个大胆的术王弟子，趁着他手中没了武器，欲上前砍马令他摔落，但荆裂急勒马缰，那机灵的黑马会意，立即煞步提起两只前蹄，全身向后扭转。那骏马的蹄腿甚健，在齐人头的高度翻飞，术王众一时皆不敢接近，怕被踢破脑袋。

荆裂操控黑马转身将众敌逼开，四蹄刚一着地，他已将挂在鞍旁另一口柳叶单刀拔在手里。

术王众都认出这是梅护法生前的坐骑；再看上面这个黑衣骑者，不正是昨天孤身潜到这儿来、杀伤许多弟子、并从悬崖逃逸的那个家伙？

——他那样狼狈逃走之时，竟然还能杀死原为武当“兵鸦道”的梅护法！

——这男人给人的感觉，就跟术王猊下一样，好像无论如何也杀不死……

众人更不敢靠近荆裂。

荆裂这一轮阻截攻击制造了珍贵的空隙，让燕横及时赶回来圆性身边。

燕横架着“雌雄龙虎剑”护在和尚跟前，第二次面对波龙术王这个强敌。

圆性这时已经能用齐眉棍支撑着半跪起来。他右边的衣袍全被染红了。

荆裂看着圆性，微笑问：“死不了吧？”

圆性也把嘴角翘起来。半是苦笑，半是向荆裂道谢。

“真丢脸……”圆性向前面的燕横说，“刚刚才这么大口气，说要交给我……”

荆裂迟至此时才出动，本是王守仁的战术：等待圆性为首的己阵将敌人中央突破，开出一条通道后，就让荆裂一气冲过去，然后在敌阵后头以快马游击扰乱，令对方加速崩溃。

圆性刚才努力想牵制波龙术王，就是为了让荆裂有机会出击。可惜波龙术王也准备了霍瑶花这个伏兵，令圆性陷于大危机，荆裂不得不提早出手相救。

王守仁带着大队民壮，已然站在阵势的中央指挥。他所有的战策都已用完。能够制造的优势也都成事了。如今就只有靠所有人根本的力量，去夺取最后的胜利。

王守仁对此充满信心。

**因为他深信真正的力量，绝不是来自恐惧或欲望的驱策，而是源于更伟大的感召。**

霍瑶花看见荆裂终于出现，表面上没有什么表情变化，可是胸口底下那颗心却在乱跳。手上使惯多年的大锯刀，也突然感觉变得沉重。

她仔细看着荆裂，只见他一身都包在黑色的衣甲里，面容更被头巾和布带掩盖一半，给人异常冰冷无情的感觉，跟昨天透着火热生命力的姿态截然不同，已没再令她联想起初恋情人翁师兄了。

然而此刻荆裂散发的凛冽气魄，又正以另一种方式震荡着她的心灵。

只因霍瑶花从未见过，有人能这样轻松地与波龙术王对峙。

荆裂看见圆性已然安全，方才有空去瞧瞧霍瑶花。昨天跟她缠斗时虽然脑袋有些迷糊，现实、幻想与回忆都混到了一起，但当时的感觉还是很鲜烈清晰。

他今夜才有机会看清楚这个妖媚冷艳的女刀客。

“你还欠我一样东西。”荆裂朝她微笑说，“我待会就要拿回来。”

霍瑶花心里竟是有点暗喜：

——他记得我。

明明是誓不两立的敌人；荆裂的微笑也分明带着敌意与捉弄，但在霍瑶花眼中，那笑意却彷佛有几分真心……

这时一抹热血泼到霍瑶花的鞋子上，把她唤醒过来。

她看看四周，那百人混战还在激烈地进行，到处都是血与死尸。

而今天，她跟荆裂其中一个，也会变成另一具尸体。

——我只是做着一个很荒谬的梦。

霍瑶花看着荆裂的眼神，恢复十足的冰冷。

波龙术王缓缓地将绕在剑上的铁链取下来扔去，眼睛没有半点离开荆裂。此刻好像一切都变得不重要了：“清莲寺”化成飞灰；“仿仙散”葬送火海；甚至身边所有弟子的存亡，都比不上击杀眼前这个仇敌。

他见荆裂还没有下马，心里想：此人这么擅长马战吗？难道梅师弟也是因此而落败？

——还是他在隐藏自己的什么弱点？

之前波龙术王焦急于补救弟子的阵势，出剑不免有些许浮躁；但现在心神专注于武斗中，必将比之前更可怕三分。

这一点荆裂、燕横和圆性都感受得到，但绝没有因此生起半分紧张或怯惧。

此刻在他们眼中，他只不过是另一个必须打倒的敌人。

“来吧。”荆裂展示他每次决斗都会露出的笑容。“再不打，就要天亮了。你们这种家伙，最害怕的是太阳吧？”

乂

唐拔吃力地将一个已经昏迷的少女抱出“清莲寺”殿阁，从后门走出来，将她放在后院的地上。

那后院里已经聚集着十几个少女，全都是被波龙术王锁在禅房炼药的苦工。她们大都还安好，只有三四个仍然无力躺卧。

此外还有七八个农妇和老人，则是被掳到“清莲寺”打扫烧饭的杂役。

那些少女除了几个被烟呛得仍在咳嗽外，全都无法控制地放声号哭，既是因为被烈火吓破了胆，也因为重获自由而激动。

“快跑！去后山那头！”唐拔眼见后院的树木也开始着火，急忙催促众人，自己也抱起刚才的女孩，跟着他们往院子的大后门跑出去。

这时孟七河也从寺里冲出，肩上横扛着一个女孩子，已经是被困禅房里的最后一人。孟七河一身青绿颜料早就被汗水融化，那堆乱发好几处被火星烧得微焦。

刚踏出木门步下石阶时，孟七河感到后面有异样。

一名术王弟子身上五色袍正在着火燃烧，疯狂奔跑到孟七河身后，举刀就向他砍去！

这刀就算砍不中孟七河的后脑，也必然伤及肩上的少女。孟七河危急中一个八卦门的转步，弧形向左踏出！

矮小的他虽然扛着个人，但腰马甚为稳健，经过严格锻炼的双腿更是矫捷有力，一移步转身，后面那刀已然砍空！

孟七河顺着转势，绕到了那火人的侧后方，他转身不停，还借用了肩上女孩的重量去旋转，一记“虎尾脚”后踢蹬在火人的背项，火人迎面仆倒，不再动弹。

“呀！”孟七河这时察觉踢出的脚上草鞋烧着了，猛地在地上踩几下踏熄，这才扛着少女继续跑出去。

到了寺后山坡，看见在那边的众人都无恙，孟七河松了口气，将少女轻轻卸下来。

那女孩已半睁着眼睛，看来身体没有什么大碍。孟七河捡回放在那里的八卦大刀，跟唐拔等一起冲入火场救人的几个兄弟，互相看了几眼，都不约而同地大笑起来。

——做好事的感觉，原来是这么棒！

此时虎玲兰沿着山壁上的绳索，从天而降。

这高空游绳而下的技巧，虎玲兰先前在县城时虽已得唐拔指点，但实践却是头一次，而且她左手受伤，只能靠一只右手操控绳索；不过深厚的武道锻炼，早已赋予她绝佳的身体协调，经过最初一段的摸索后，就很顺利地滑行下来。

虎玲兰方着地，就听见“清莲寺”北侧发出建筑物崩塌的巨响。

原来术王众将手上三十余匹马全都撤上山来，马群此刻受烈火惊吓而一起挣扎，结果把那临时搭起的马棚都拉倒了，马匹逃离寺院四处乱跑。

虎玲兰解去身上游绳用的索圈，整理腰间箭囊、手上长弓与背上的野太刀。

孟七河则把长长的八卦大刀拔出了鞘。

——这次我会用这口刀，光耀门派的名声。

“我跟兄弟负责救人质。你走吧。”

虎玲兰听了点头，径自往荆裂所在的战阵跑去。孟七河则领着唐拔等山贼，奔赴“清莲寺”侧的空地。

烈焰，映出他们气魄充盈的身影，看不出半点的疲倦。

乂

“别以为死掉就能了事。”

波龙术王左手摸着耳环说，同时扫视荆裂和燕横等人。

“我会在你们的首级额上贴上符咒，你们的魂魄在真界里，都要成为我教英灵的奴隶，供他们役使虐待，直至永远。”

他说时又擦擦鼻子和下巴，笑得非常得意，神色鬼气森森。

荆裂听了失笑。

“你这套废话，留着说给那群笨蛋听吧。”他将柳叶刀指向正与山贼激战的术王弟子。

波龙术王无言，只是瞄瞄霍瑶花。

在场的人里，就只有霍瑶花一个知道，波龙术王刚才说这几句话，并非毫无意义。

只因他说话时几个看来不经意的动作，其实都是在向霍瑶花打暗号。

抚摸左边耳环，是表示要约定一同夹击；擦鼻子来回三次，是示意以前方的敌人荆裂为目标；揉下巴，是叫霍瑶花负责进攻对方下盘——如今荆裂正在鞍上，也就是攻击马儿；瞄她一眼，是在问她有没有看明白。

霍瑶花也伸手擦一擦左边眉毛。波龙术王虽没再正眼看她，却已经收到这确定的回应。

他们这套暗号过去从未使用，只因术王众一向横行无忌，没有遇过今天这样的危机；这套波龙术王的机密，甚至连鄂儿罕和韩思道都不知道。

霍瑶花明白波龙术王的战略：对方武者虽然有五六人（霍瑶花当然没有忘记那个女刀客），但只要她跟波龙术王同心，每次都合二人之力去攻击一人，迅速地逐个击破，绝对有能力把敌人全歼。

——霍瑶花成了波龙术王扭转危局的最大援助。他自下武当山之后，从未如此倚重一个人。

第一个对象，波龙术王选择了敌阵里看来最强的荆裂。

——先杀最强者，自可震慑其他人。

这时，波龙术王手中的剑尖轻轻摇晃，同样又似是无意识的动作，其实是在向霍瑶花传达进攻的倒数拍子。

他们约定的暗号，是数到第七下就发动；波龙术王的剑尖只会摇动四下；最后三下将会各自在心中默数。

霍瑶花双臂已在暗暗预备发劲挥刀。她没有看荆裂，以免暴露了偷袭的意图。

很奇怪，她发现自己双手不再抖了。“昭灵丹”药瘾的痛苦也好像消失了。

霍瑶花虽不看荆裂，但脑海里充塞的都是他的影像。

——既然不可能亲近这个男人，那我就亲手杀死他吧。这是跟他最接近的方法。

节拍已数到“六”。

波龙术王却突然先发动！

而且并不是朝荆裂冲去，反而是杀往燕横和圆性所在！

霍瑶花不知道波龙术王的用意。但她仍然按照暗号的约定而行，在原地倒数最后一拍。

——她并非任何事情都绝对相信波龙术王；但战斗时，她对他毫无疑惑。

燕横感受到波龙术王迈开疾步攻来的气势，马上把“龙棘”剑尖迎往那方向，另一手“虎辟”也蓄劲待发。

**——这一次，我会真正让你尝尝青城剑法。**

同时荆裂策马向前，准备与燕横夹击术王。

“七”。

霍瑶花从静静站立到猛烈扑出，那突发动作的先兆极少，斜垂着的大锯刀自身右平平地横斩出去，欲将奔来的荆裂坐骑，连同他踏在马蹬上的右腿也都砍开！

在同一拍里，波龙术王前奔的右腿突然改用足跟着地，膝盖撑直，整个人急急煞止；他轻功步法之精妙就在其双脚重心的转移操纵，借着这煞步产生的反向之力，整个身体往后倒去，顺势转身，一下子就逆转，变为迎向荆裂而跑，紧接着就举剑刺去！

这一刺的时机，正好与霍瑶花的下路斩击完美配合，荆裂瞬间上下方皆同时被刀剑的刃风笼罩！

——波龙术王看见荆裂的脸庞受伤包扎着，身上必然也有伤处；他一直骑在马上作战，很大可能是腿足有碍，因此要霍瑶花攻杀他的坐骑。

波龙术王瞥见战阵里又有好几名弟子连环命丧在练飞虹刀下，深知胜负已在顷刻，再无保留，这一刺挟着奔跃之力，长身而出，又是刚才袭击圆性的“武当飞龙剑”，剑势有去无回。

这等高大的人整个凌空飞跃起来，简直就是奇观。

他人与剑浑然一体，像一片五色厚云，从高往荆裂头上笼罩下去。

可是在他刺剑的一刹那，发觉鞍上的荆裂，不见了。

黑马仍在向前冲。

荆裂倒在马儿的右侧，仅仅以一只左脚勾着马鞍的皮带，整个人横着伸出来，躲开了上路波龙术王的剑势！

他同时以这惊险的姿势，乘着马的冲力，向下路攻来的霍瑶花出刀！

霍瑶花这时才发觉被荆裂抢了先机：她的刀要是继续横砍向马腿，同一刹那荆裂的柳叶刀也将会斜斩在她脸上。

——他根本一直都在留意我！我跟术王打暗号这事，他也看穿了！

没有人会笨得用自己的一张脸去换一条马腿。尤其是这么美丽的女人。

霍瑶花在最危急一刻放软双腿，两膝跪倒在地，纤细却充满弹力的腰肢快速后仰，双臂张开放弃斩击，头脸向左侧转——

荆裂的快刀从她上方仅仅掠过，将霍瑶花额前几丝头发削断！

荆裂还以为这刀必中无疑。霍瑶花虽是邪恶的敌人，他心里还是不禁赞赏——不管是放弃斩马的决断力，还是这紧急闪避的速度与柔软协调。

——除虎玲兰之外，她是我遇过的最强的女人。

霍瑶花本身扑前的冲势其实未消，两膝在沙土地上擦得鲜血淋漓。待荆裂越过身旁后，她强忍着膝盖火烧般的痛苦，马上左手按地，将左腿提起踏地变成半跪，头也不回，就单手把大锯刀竖起挡在背后。

霍瑶花这恢复体势和架刀自保的动作，全属长久战斗求生而培养出的本能。

她才刚一举刀，柳叶刀已经“铛”的一声飞砍在大锯刀的刃面上，急激反弹开去！

原来荆裂又把刚才对波龙术王施展的招式再使一次：砍完一刀，马上反向挥臂将兵刃回掷，这招乃是学自飞虹先生的崆峒派“飞法”。荆裂本身就已有飞刀和绳镖的功底，虽学了没多久，也有六七成的火候。

——荆裂一向擅长双刀出击，以绵密的抢攻取胜；但如今只有一条手臂可用，于是想到用这“飞法”的奇袭弥补。

柳叶刀飞袭的乃是霍瑶花的后脑，两刀碰击的轰响震得她耳鸣，更叫她怒不可遏。

——你真的这么想杀我？我真的这么讨厌吗？

——同时在上方，波龙术王的“武当飞龙剑”只能穿过荆裂原本身体所在的空气，只因这剑招去势甚尽，没有中途变化的余地。术王整个人从马儿上方跃过，方才瞥见“失踪”的荆裂，原来用一条腿将全身横挂在马鞍侧。

波龙术王毕竟武功惊人，一剑失手，身体越过马儿后，仍能空中发力伸腿蹬踏，踢中马儿后臀！

术王这一脚勉强发力，劲道不算很猛，但足以使黑马吃痛受惊，蹄步颠了一颠，荆裂单凭一条腿难再勾牢，身体被抛出！

荆裂早已掷去单刀，空出来的右手朝前方跌落的地上一按。他感应力极佳，手掌一着地，肘关节就相应屈曲，卸去身体跌下的一半冲力；他腰肢随之摆折，下身向地上一翻，将另一半力量也卸去，左足平平着地，继而才放下受伤的右腿。

这时可见荆裂腰间伸出一条绳索，拖着地上一物，正是他的长倭刀。原来荆裂不良于行，为了预防被打下马后欠缺强力的兵器，于是用一根绳索，把腰身与挂在马鞍旁的倭刀鞘连结，身体跌下马后，顺势也将刀拉了下来。此外，荆裂腰带上还有最后一柄较短的腰刀。

荆裂着地后，正拉动绳索将倭刀收回来，却已感到身后有强烈的杀气冲至！

霍瑶花犹如一头雌狼，夹带着极强烈的怨恨，右手握着大锯刀的刀柄，左臂托着刀背，将那沉重刀锋横砍而出！

——我会成为你一生中最后记得的人！

## 十

在战阵的北侧，练飞虹正尽情浴于血风之中。

“风狻猊”飞虹先生彷佛回到昔年大破西域马贼的岁月，感觉像突然年轻起来。他自在地穿梭于术王众之间，西域弯刀所过之处，有如画笔在空中挥出一道道艳红。

他一记崆峒派“日轮刀·夸父过山”，大踏步低首跨前，弯刀尖捌进一名术王弟子腹部，随即放开刀柄，抽回左手转身横挥，戴着铁甲手套的拳头，使出“花战捶”的“一条鞭”，拳背狠狠敲中另一敌人握刀的手，数根指头细骨应声碎裂；练飞虹打完一拳并无停滞，再次转过身来，握回那仍在敌人体内的弯刀，腰肢发劲大力拔出横扫，又准确地割在第三人的喉咙上，两个人的血花在战场空气里混成一团。整串杀伤连招，不过是眨了两三眼的事。

练飞虹出手之快之狠，令术王众士气大降，物移教的药物和咒语也都开始失去效用。

他们可不知道，练飞虹打了这么久，其实已有点气力不继，只是用惯常战斗的木然表情掩饰疲倦。

——毕竟也不是从前了……

义军众山贼有了他这个强援在敌阵里冲杀自如，原本受挫的士气立刻大振。双方此消彼长。

术王众放眼一看，只见敌人后头源源不断增加的兵员数以百计，已经将山门前后都塞满了。术王众并不知道，敌方真正能打的其实只有前面这几十个山贼，却以为后面那些寻常民壮也一样勇悍，他们心里就更慌乱了。若非这山谷早已被封锁，必得死战求生，而波龙术王又仍然健在的话，术王众的士气早就彻底崩溃了。

童静同样正在敌阵前大展所长。她经过这大半年修练，再加上练飞虹的特训，个人造诣其实已经远胜过大部分术王弟子，此刻她更习惯了作战，信心倍增，“静物剑”犹如一条乌龙，在阵中迅速忽隐忽现，再有两人在她“半手一心”剑诀之下被废掉拿兵刃的手，许多术王弟子都不大敢接近这名少女剑士。

这左翼的战场已呈压倒优势，居中策划的王守仁反应异常敏锐，马上将这边部分的山贼调拨往右边阵线增援。右边的术王众面对的敌人突然多出五成，原有的武艺和经验优势顿时被数量抵消了。

术王众原有的百人部队，如今被杀得只余四十几名。

庐陵义军，开始嗅到胜利的味道了。

# 第四章　围阵

瓦罐在地上跌碎，罐里的水与鲜血混合，泻满一地。

那个原本捧着瓦罐去救火的术王弟子，连惨叫都来不及，气绝仆倒。

唐拔挥一挥手上的镰刀，在地上洒出一行血迹。

一条身影越过他身旁，是反手拿着大刀的孟七河。他踏着既急又静、八卦门有名的“夜战步”迅速向前奔走。

另外两个术王弟子，本来正蹲在溪流边取水救火（他们早就看出，这大火不可能救得了，只是害怕袖手旁观，会被波龙术王惩罚，做做样子而已），看见有敌人从不可能的方向急袭而来，慌忙都抛下容器，拿起搁在溪边石头上的兵刃。

孟七河带着五个兄弟，已经走到他们一丈外的距离。这时他看见，旁边草间有一堆物事。

他低头细瞧，只见火光映照下，草堆里现出好几张苍白、凄惨的脸孔，已是全无生命气息。

全是被处决的人质首级。

寒意与怒气同时从他脊梁升起。

“你们别出手。”

唐拔等一众山贼，平日跟着孟七河去做买卖，不管是拦劫商贩还是入村缴粮，头领总是严格管束他们，不可胡乱杀伤人命。

他们从来没有听见过，孟七河的声线像此刻这般冷酷。

孟七河自知一双手也不算干净，一样也杀过官兵保甲或者商贩的护卫；但如此把无法抵抗又不相干的人像猪般宰杀，完全是另一种层次的恶。

八卦大刀已然举起，拉到背后。

孟七河的步履一下子从轻巧变得沉重。

两名术王弟子见对方有六人之多，本来颇是惊惶，但此刻见只有这个矮子，心想足以一战，二人都举着刀斧准备夹击。

正当他们以为距离还远时，孟七河却突然发动，右步大大向前一迈，紧接着将重心都放了上去，全身以之为轴心，抛出左足旋转，连续又踩出第二步。只跨两步，就已拉近了六七尺的距离！

孟七河趁着旋身，双手握刀从右肩强烈挥出，正是八卦门有名的“夜战老八刀”里最常用的一式“巽风割草转环刀”！

站得较前的那个术王弟子还未及反应，孟七河旋斩之势已发，他却一时无法判断，孟七河刀锋从何角度斩来——

“嗖”的一声，紧接着是金属和骨头的碰响，八卦大刀猛烈斩过，术王弟子居前的右腿齐膝而断！

波龙术王从未想到敌人能越过后山峭壁偷袭，派在这里看守人质的几名弟子自然不是什么精干好手。另一人赫见孟七河如此凌厉的刀招，知道不是自己所能对抗的，顿时转身欲逃。

但他怎可能跑得过孟七河那双自小在山野活动、受过抚州八卦门严格锻炼的腿脚?

孟七河奔跑了三步就跳跃起来，一记前蹬腿踹在那术王弟子后心，踢得他大字扑倒在地。

他才爬起来，孟七河早就准备，一记八卦刀反劈，斩在那弟子肋间，肉裂骨碎，那术王弟子好像被抛出去，身体横飞掉进溪里，脸孔浸入水中，一动不动。

“不要杀他。”孟七河用刀指指地上断了一条腿的那人。“让他慢慢流干血为止。”

他把染满血的大刀搁在肩头，走到被绑的大群泗塘村民跟前。脸上的杀气消退了，代之以歉疚的神情。

“对不起，我们来晚了。”

荆裂及时转身，方才将倭刀拿到手，已经来不及拔刀，将刀连鞘垂直向上架起，霍瑶花横扫而来的锯刀，正好成十字砍在他的刀鞘上！

霍瑶花怒气极盛，左掌乘势推按刀背，继续以沉重的锯刀压向荆裂！

这推刀压击，正好针对荆裂单腿无法站稳的弱点。

如今的荆裂只能靠主动进攻压制对手，无法做出有效的防守，被霍瑶花一推，只能脚步踉跄地后退，拖着一条绑了装甲无法弯曲的右腿，暴露出膝盖受伤的事实。

已然飞过马儿着地的波龙术王，怎会放过这再次夹击荆裂的机会？他两腿大张迈开步法，正擎剑向荆裂攻去，却察觉有影子自左方迅速接近过来。远处的火光，映出一道金黄的剑芒。

“龙棘”越空而来，直取波龙术王头脸，夹带着异常强劲的气势！

燕横半空中将跃势全贯注在右手上，再次使出上次压倒过波龙术王的“雌雄龙虎剑法·穹苍破”！

——他从前都是靠一时感应和情绪刺激，才模仿师父使出这招来；但这次绝对不同，他已然能够随心而发，将“穹苍破”真正变成属于自己的剑技。

燕横人剑一体，跃势有如空中翱翔。

气劲贯彻之下，竟引发他脑海中生起奇异幻象。

——某种在云雾里耸动的巨大东西。

技能的进步，也带动精神进入更高一层境界。

波龙术王上次被这剑招压得跪下，因而险遭童静一剑取命，至今仍视为奇耻大辱，他哪会记不起？原本要冲往荆裂的身体马上站住，将剑向面前一引。

上回对抗“穹苍破”失败，就是因为靠“武当势剑”去硬挡而不支，他这次决心不再犯同一错误。

——没有时间跟你玩了！

波龙术王的银剑划出一条圆滑的弧线，从侧迎接“龙棘”，正是武当最高绝技“太极”！

两剑一碰，燕横已然感受到被“引进落空”粘卸的古怪触觉。他目击过叶辰渊的“太极”，也亲身领教过波龙术王这招式，并不陌生。

燕横记得很早以前荆大哥就说过：“面对会‘太极’的武当高手，最好是逃走。”

但有的时候你不能逃。

当别人正在依靠你的时候。

再战波龙术王，他并非毫不害怕——身上这么多伤口都还很新。

**然而真正的勇气，就是当你明明害怕，还是决定迎上前去。**

燕横经过上次交手已知道，自己未领会“雌雄龙虎剑”里的“抖鳞”钻劲，不可能像师父般破解“太极”的粘控。

他唯一能做的，就是将全身全心都投入这一击“穹苍破”上。

他单纯地相信：青城派的绝技，不是这么容易被破坏的。

——这股专注与纯净，正是燕横最强大的武器。

波龙术王正要将“穹苍破”的剑势引落旁边的地上，再对燕横施以杀手，却突然发觉不太引得动。

燕横飞刺而来的剑势，竟比他预计中的强硬。

——怎么只隔一两天，这臭小子又变强了这么多?

“太极剑”虽然将“穹苍破”向旁卸偏，但“龙棘”仍长驱直进。

波龙术王感到一股如针刺般的尖锐危险感，直指他左肩头。

他不太肯定自己能否将“龙棘”完全卸离身体范围。

最后关头波龙术王还是决定不冒这个险，放弃了“太极剑”的架势，剑劲从柔转刚，变成与“龙棘”硬抗；同时他下盘足腿放轻，借着“穹苍破”的力量后撤闪避！

在燕横力压之下，波龙术王自撤“太极”，更要狼狈地借势后退两步！

这一刻燕横心里并没有任何喜悦、兴奋或意外。他已然完全投入在武斗之中，木然而专注的脸无悲无喜。

就如当日何自圣对叶辰渊时一样，没有因为身系青城派数百年基业而生起一丝顾虑，全情投身在剑锋洪流里。

**真正的武道狂。**

燕横“穹苍破”剑势已尽，他一着地后左足顺着追前，身姿向下俯得甚低，形态转瞬由九天飞龙化作下山猛虎，左手剑“虎辟”反手横挥，削向波龙术王小腿！

——像波龙术王如此高大之人，下盘往往是弱点，这招连击完全合理，要是荆裂处在同一情景也会这样选择。不同的是，荆裂乃靠智慧和经验计算而得，而燕横这刻却是全凭直觉自然行事。

波龙术王经过刚才一剑，已然重新估计燕横的实力，对他这犹如水银泻地的快速连击严阵以待，左腿急急提起，姿态如鹤独立，乃是“武当行剑”的避险身法，同时从高向下发剑，一式“入地金针”，以刃尖点击燕横面门！

一股劲风适时地从燕横身后卷至，在他头顶横扫而来，正好将波龙术王下击之剑打走！

来者乃是圆性，他以绝大的意志力忍着右肩伤痛，单以一只左手提起齐眉棍劈出，为燕横化解危机！

燕横虽然从未跟圆性合作或一起锻炼过，但二人出奇地合拍，燕横一感到后面的风声，看也不看已知是圆性出手。经过刚才的战阵，他非常信任这位少林武僧的功力，放胆不去抵挡或闪避那下刺而来的武当剑，“龙棘”紧接“虎辟”向内横抹，又再追击波龙术王提起的小腿！

波龙术王骤然以一敌二，在这混乱战阵中可不想硬抗，心想最安全的还是倚重自己擅长的轻功，那单脚站立的右腿硬生生地再发劲，身体朝后跳退数尺，想要看清形势再说。

另一边，霍瑶花双手推着大锯刀，已将荆裂的倭刀压到胸前，荆裂脚步不灵，无从转身卸力，退了两步已失平衡，身体朝后跌去！

霍瑶花一心继续压击，想要跨骑在倒地的荆裂身上，突然一股尖锐的声音从左侧传来，她本能地仰头闪避那射来的黑影！

霍瑶花被横空阻截，怒视那物射来的方向。

只见一人刚刚渡过了战场后方的“因果桥”，朝这里全速疾奔，左手在身前举着一柄长弓。

这个人，霍瑶花再熟悉不过。

——又是你这臭婆娘！

虎玲兰知道这是最后的决战时刻，已全然不顾腰身的伤痛，放开脚步奔跑。她协调能力甚惊人，长腿在大大交替跨开的同时，却能维持上半身稳定不动，左臂水平向前，举着那把用布带绑在拳头里的长弓，右手从腰间箭囊迅速抽出另一根羽箭，急奔途中照常搭箭拉弓，再次射击！

这一箭准确地射向霍瑶花与荆裂之间的空位，以阻止她再向荆裂攻过去。

单从这两次掩护射击，霍瑶花就猜出来，虎玲兰与荆裂关系匪浅。

——可恶！先杀掉她！

荆裂得这缓冲，已借后倒之势滚转一圈，以倭刀支撑半跪在地。被女人打得如此狼狈，这可是头一遭。

另一边波龙术王正退出燕横的剑圈范围，试图重整形势。

却感到背后有不妥。

波龙术王巫纪洪本是武当“首蛇道”一员。既为探子，其中一项特殊训练，自然是培养四面八方的警觉与洞察力——尤其是一切突来的危险。

他立刻止步侧身后瞄，只见练飞虹原来已站在他所退方位不足一丈外！

练飞虹只是提着弯刀微笑，并未干什么，但所散射的杀气，已令波龙术王感受到无形的威胁。

“这次你没有地方躲了。”练飞虹说时眼神凌厉。他没有忘记上次波龙术王在那大屋里，借人质掩护自己的恶行。

波龙术王立刻转向，又欲退向另一边的空位，却察觉娇小的童静也已将那方向封锁。

燕横和圆性同时左右适度散开；再加上从东面“清莲寺”方向赶来的虎玲兰，西面正与霍瑶花对峙的荆裂，波龙术王蓦然发现：自己已经隐隐堕入敌人的包围里！

——我……竟如此失策……

要是他还是武当山上的巫纪洪，断不会陷于此境况，在对方未围拢之时早已用轻功脱出。

然而这几年来暴虐横行惯了，他对危机的感应无疑已变钝。

**这一刻，“破门六剑”，全体集合了。**

波龙术王再看，正在混战中的弟子正继续减少，并且已不成阵法。他们在敌将王守仁的巧妙调兵之下，被切断成了几股，逐一被压倒数量的山贼和民壮包围。

许多庐陵民壮都在此时鼓起战意，贯注着积蓄已久的悲愤，勇敢地朝术王众猛刺竹枪，虽然十有八九都刺不中，但足以令术王众分心应付，又更容易被孟七河的山贼杀伤。

正因义军已经占上如此优势，练飞虹和童静才能转移过来，加入对付敌阵里最邪恶也最可怕的一人。

后面的“清莲寺”熊熊燃烧，把整片山谷空地都照亮；寺旁四百余人质也已被孟七河解救，他带着陆续从峭壁游绳而下的十几名兄弟，正在渡过“因果桥”，将要加入战阵来。

波龙术王看看越来越少的弟子。此刻已经不是胜负和面子的问题，而是他能不能活着离开青原山。

忙于自己求生的术王众并无意来帮助猊下解围。他们许多确是真心崇拜术王，并甘心为他卖命，但过去术王众从未遇过今夜这样的逆境，他们的信仰从没有受到真正的考验。直到现在。

——术王猊下是杀不死的……不用我去帮助……

有的弟子这样在心里辩解，去掩饰自己的畏缩。

这一战，双方信念的真伪之别，成了胜负的重大关键。

波龙术王也知道弟子们不可靠，只有凭自己杀出去。

趁着“破门六剑”的围阵未紧密，他实时发难，展开

“梯云纵”轻功步法，向守在西北角的童静迅速接近！

——怎么看，这娃儿都是最弱的一个！

他没有忘记那夜被童静一剑割破头皮之耻，脸上泛着怨恨的妖气，五色袍影扑向几乎只及他一半身高的少女剑士。

波龙术王这决断极快，身法毫无先兆，练飞虹等人瞬间都来不及去救，童静必须单独面对。

童静乍见这怪物袭来，花容失色，自然就吓得提剑，本能地向冲过来的波龙术王迎刺！

波龙术王心中冷笑。

——好嫩。

童静这种心慌下的迎击，最是容易对付，波龙术王等着她剑刃攻来，就会突然煞步转向，待她出剑的手伸尽，便把那瘦小的胳膊砍下来！

波龙术王已吃定了童静的出剑拍子，预备最万全的反击。

可是“静物剑”凝止在童静的肩侧，并无发出！

——骗你的。

童静心里笑得比波龙术王更狡猾。

那慌张的表情姿态，原来是假装的——她把飞虹先生所授的“花法”，以自己的方式运用出来。童静不知天高地厚，对波龙术王的武功少了一份戒惧，却正好能够轻松地发挥这心理战。

——什么?

波龙术王素来最喜欢以恐惧压制对手，却因而更容易堕入这陷阱。他原本要发出的反击剑招被窒碍。

童静漂亮地捕捉这个拍子，“半手一心”展开剑势攻过去！

波龙术王虽被扰乱，但他拥有顶级的快剑，速度足可弥补过失。他及时反应过来，长剑变招，这次要用“武当势剑”的硬力，把童静刺来的“静物剑”击飞！

但“静物剑”只伸出寸许，却又再停止。

连续第二次的虚招！

正如练飞虹观察到的，童静的确拥有了不得的天分——她将“半手一心”自行变奏使用，竟可将波龙术王这样的剑术大行家打乱！

波龙术王那劈剑已经发动，无法收回来。

——就看你挡不挡得了?

他索性将错就错，加大力量把剑劈过去，刃锋改为引向童静的顶门！

童静的“半手一心”，这次真的出剑了。

“静物剑”尖锋转向斜上，右臂运劲点刺出去。

目标就是波龙术王力劈而下的握剑手腕。

“追形截脉”。

没有人比波龙术王更吃惊："武当形剑"的高深截击法，竟在这么一个小女孩手里使出来！

他硬生生地以一个后跳步，带动上身撤回那记劈剑——否则就等于先一步把自己的腕脉送上童静的剑尖！

双方未交一剑，童静彷佛以隔空之技把波龙术王逼得撤退。波龙术王剑法轻功虽快，童静却拥有一件比他更快的利器：

意识。

——武道三大层次"气、意、神"，童静在最基本的"气"上功力仍有待累积，但却凭着特殊的天赋，在高一层次的"意"上练出了功夫，因而有这惊人的发挥。

波龙术王接连被"破门六剑"里两个最年轻的小辈打退，实在是艺成以来的奇耻大辱。但此刻他无暇去想尊严的问题。

他才后退一步，马上又得跳起来，只因一道急风袭向他足腿！

带着红巾的崆峒派"送魂飞刃"，插在波龙术王右脚原本踏足之处，他若闪避慢了半点，飞刀已然将他那大脚掌钉在地上！

发出者自然是在他侧后方的练飞虹。他虽然只得一只左手可用，但以崆峒派独有的快速手法，将西域弯刀抛在半空，拔出背后鞘里的飞刀掷出，紧接又把空中弯刀抄回手上，舞起刀花护头，朝波龙术王杀过来！

同时另一方的燕横举起“雌雄龙虎剑”，也跟飞虹先生合拍地上前夹击。

这次燕横再无顾虑。他想到练飞虹告诫过自己的话，又想到那夜惨死在屋中的许多庐陵百姓，心里只有一个念头：

——用任何方法，杀了这恶魔！

燕横以“圆梭双剑”里的“出云刺”攻击，左手“虎辟”短剑护在腹下，“龙棘”从上刺出，当中又加入了“泷涡剑”的沉实劲力——燕横已经越来越能掌握将不同的青城剑法糅合变化的法则。

这次战斗，逼使燕横将青城剑法融会贯通——就如三十年前何自圣经历“川西群鬼”一战的洗礼一样。

——所不同的是，今天的燕横比当时的何自圣更要年轻。

练飞虹与燕横一左一右，三柄兵刃已然笼罩波龙术王周身。

这却反而激起了波龙术王身为武者的斗心。

——武当派的人，不是这么容易被杀的！

波龙术王收起平日的狂态。那冰冷专注的眼神更显得危险。

他走出“武当行剑”的蛇步，斜身低头闪过练飞虹“日轮刀”的劈砍，同时右手往横一拦，将燕横的“龙棘”挡开！

燕横紧接着就以“虎辟”反斩向波龙术王头颈！

波龙术王与燕横对敌了好几次，已然估计出他的剑路，迎着这短剑斩击，竟不退反进，长长的左臂伸出！

燕横的“虎辟”斩势只出到三分一，却被波龙术王徒手截住，那又长又大的手掌拍在燕横左前臂上，迅速化为擒拿，五指扣紧燕横的手腕！

——这等敏锐的触觉，自然就是“太极拳”！

燕横最擅长快剑，很少做这样的近身缠斗，心急想挣脱这擒拿手，但他一用力，反被波龙术王借用，手臂被旋扭锁紧了！

——波龙术王在武当山上确已修得“太极”，否则他的“褐蛇”制服上没资格绣上那“双鱼”标记；只是他的“太极”功力，应用在剑术上还未精纯（“太极”讲求对力量流动的触觉敏锐，透过兵器去感觉比用自身皮肉去感受困难许多倍），才会给燕横的“穹苍破”逼退，因此他现在索性就改使“太极拳”！

波龙术王高瘦的身体坐马一沉，左手坠肘向下发劲，燕横无法动弹的左肘关节，顿时生起极强烈的扭折压力。幸好燕横反应也快，及时放弃硬挣，全身顺着那扭旋之力翻过来，重心被颠倒，给波龙术王狠狠摔在地上！

另一记疾风向波龙术王右头侧袭来，他却看也不看就倒转长剑向上举架，挡住了圆性夹击打来的齐眉棍！

燕横被猛摔在地，身上许多新伤再次破裂溢血。他无视那痛楚，卧在地上以“龙棘”卷向波龙术王那只擒拿手！

波龙术王右手挥剑挡棍的同时，左掌却已放开燕横手腕；他趁着齐眉棍被格住停顿的一刹那，左手从剑底穿上去，一把擒住了棍身！

要是平日的圆性，还能跟这“太极”擒拿柔功对抗；但他此刻内外皆伤，只靠一只左手握棍，波龙术王一转腰胯，发出缠丝般的劲力，左手抢夺齐眉棍的同时，右手剑从上划个半圈，反削圆性右边脸，圆性再坚持下去必然吃剑，不得已只好放棍避开！

巫纪洪这左手“太极拳”配右手快剑，乃是自下山后从未用过的最后秘技。当年在武当山上他凭此挫败过不少同门，“兵鸦道”的江云澜也是得到他启发，不过江云澜练“太极”天分不够高，只能配以硬功擒拿，再穿上铁甲爪辅助，威力输巫纪洪一筹。

可是他这武功再巧妙，仍然无法完全应付这样紧密的六人围攻。

波龙术王刚刚夺棍在手，本可顺势将剑势引向下方，对燕横施以杀手，但他眼角瞥见一道快影袭来，已然近在面前，只能紧急侧移，转首闪避！

虎玲兰的快射冷箭，擦过波龙术王的颧骨，射中他右边奇大的兜风耳，两只黄金耳环连同大蓬血花炸飞！

虎玲兰还道这一箭必定命中眉心，却仍是被波龙术王的快速身法险险闪过——这人真难杀死！

“花！”

波龙术王平生第一次如此急迫地呼叫求助。

霍瑶花早就将锯刀高举过顶，大步冲入战圈，向着正要乘机再袭术王的练飞虹迎头斩下去！

霍瑶花这招楚狼刀派的“破竹刀”，挟以“武当势剑”发劲窍门，其势甚烈，练飞虹的右手用不上，没有把握单手接这记重招，只得横向退开！

锯刀砍在地上，霍瑶花竟借这力量支撑身体，凌空飞跃向前！

——原来她这刀并非为了替波龙术王解围，而是为了开路冲杀向包围圈的对面。

她眼中此刻就只有虎玲兰。犹如看见天敌一样。

波龙术王血流披脸，一时不敢再缠斗，只仗着无匹的轻功飞退开，正想跟霍瑶花会合互相掩护，却发觉霍瑶花一跃而过冲了出去。

——你干什么?

霍瑶花横越战圈，一着地后继续拖着锯刀狂奔，鬓发凌乱的脸狰狞如疯兽，眨眼间已冲到虎玲兰七尺范围之内，刀势再次卷起！

虎玲兰此际半跪着，早将另一支箭搭上了弓，本想继续向术王狙击，赫然发现霍瑶花正迅速冲杀过来，立即把箭头转向她的方位。

霍瑶花足下不停，距离瞬间又更近。锯刀已经从左肩后横斩而出！

虎玲兰面对这猛攻，跪射的姿势却无半分动摇，极镇静地拉开弓弦。

射道之奥义，就在于无念无想。当天地空白凝止的一刻，让箭矢释放。

虎玲兰手指放弦的动作，温柔得如同将鲜花轻放湖心。

挟带裂帛之音的大刀锋，已斩至她身前——

锯刀掠过如未触一物。坚实的长弓被斩成两段！

然而还是微微迟了一些。

杆身乌黑的长箭，从极近的距离狠狠地钉入霍瑶花的右肩，连带的冲击力令她向后仰倒，斩出去的锯刀也因为无法操控而脱手！

这时虎玲兰才顺势滚开闪过飞来的锯刀，手里绑着半截弓身，一脸都是冷汗。

——只因刚才刹那间的刀箭对决，胜负差别极小。

波龙术王最后一个强援也失去了。但他连愤怒的时间都没有。

被夺去齐眉棍的圆性仍是一往无前，以左边护甲居前，跃出一个箭步，穿着铜甲手套的左拳突起四指第二节，一记少林“豹拳”侧身直击，旋腕猛钻向波龙术王的肋骨！

同时间还有另外三道攻势降临波龙术王身上：背后再次扬起练飞虹“日轮刀”的光芒；右侧后方的童静以“星追月”急刺他后腰；左前方则是已经爬起来的燕横，“龙棘”以“风火剑”第六势“雷落山”迎砍他光秃秃的头颅！

四道攻势，将波龙术王所有可以逃避的空位都封死了。

这生死瞬间，巫纪洪再次想起被囚禁在武当山上的那个人。

——再见他之前，绝不能死！

——我要连同梅师弟那一份也活下去！

波龙术王的高大身躯，做出一个前所未见的动作，将他的天赋与平生所学发挥至尽：

他含胸拔背，腹部突然像猫儿般硬生生地收缩，令圆性的“豹拳”仅差一寸距离而无法击中；左手里的齐眉棍从腋下反手向后插出，五尺多长的棍身刺向练飞虹胸口，及时截住他挥舞弯刀的来势；右手的武当长剑横举头上，硬架着燕横的“雷落山”！

童静的“静物剑”剑尖，下一刻没入了波龙术王的腰间衣袍。

就在剑尖入肉的同时，波龙术王看也不看，朝后猛力踹出一脚！

童静的“星追月”还没有深入，那条长腿已及她右肩，将她狠狠踢开！

童静吃痛呼叫着向后倒去，也连带将“静物剑”拔出，只有剑尖前端三分沾了血。

波龙术王这个身体动作，乍看虽然扭曲可笑，但是能够如此一心四用，准确无误地化解“破门六剑”四人的夹击，而竟然只中一剑轻伤，实已堪称当世罕见的奇才！

可是仍有一人未出手。

波龙术王为了接下这围击的四招，自然不能再展开轻功步法移动。

荆裂等的，正是目标停滞的一刻。

他早就放下长倭刀，拔出挂在腰间皮带上的一柄刃身窄长、形如禾苗的单手军旅腰刀。今夜他用的第四柄刀子。

——他的最新得意技讲求单纯的速度，选用短兵单刀更加合适。

他左腿屈曲沉下，身体前倾，握着腰刀的手臂放松下垂。

正是先前击杀梅心树那野兽般的预备架式。

波龙术王踢完一腿迅速踏地，正要再次运用快、绝的身法，从童静这边的缺口走出去。

——解开这包围了！

波龙术王心头狂喜。但太早了。

荆裂贯注在左腿的力量，如压制很久的弹簧发动。

他的身体像一团黑云般飞卷而出。其中隐现着闪电般的光芒。

荆裂人在半空，全身如陀螺旋转，结合这旋力与前冲的力量，反身挥斩。

刃光半掩在飞舞的黑披风之下。

荆裂这舍身刀势，正好从童静跌开之后露出的空隙卷进去！

波龙术王这时惊觉，武当剑急向下掠。

但来不及了。

金属相交的轰响。

腰刀被波龙术王垂下的长剑十字架着。但这刀实在太快太强，波龙术王没来得及发力抵挡，刀刃已压着长剑继续前进！

波龙术王右大腿外侧，裂开一条灿烂的血路！

他整条腿不听使唤地软下来，像高塔似的身躯崩倒！

荆裂的黑衣身影掠过，无法控制地摔跌在地。左肩伤处像被人用粗大的尖锥狠狠插了一记。但痛苦倒下的他正在笑。

波龙术王毕竟拥有过人的反应，重创下仍借这势滚开去。

——糟糕！

他滚跌时，整个人像发了狂一样，向四周乱挥剑锋，尽显内心慌乱。

波龙术王一直坚持与“破门六剑”力战，期望扭转败局，都因为自信仗着一身高绝轻功，危急关头仍能抽身逃脱；但不想竟被荆裂这招快刀重重斩伤了一条腿，最自负的轻功猝然被破，不管平日如何狂傲，也压不住心底冒起的寒意。

——这可不是开玩笑……

燕横看准他这阵剑花不成章法，游身祭起“龙棘”挺进，一招刺剑准确地从中入楔，直取波龙术王面门要害！

“等一等！”波龙术王竟狼狈地叫起来，情急之下伸左掌去挡那金色剑锋。“龙棘”的锋刃岂是凡品，一气就贯穿了那只宽大肉掌，继续深入！

刺击因为这手掌牺牲阻挡，路线稍为偏移，只擦破术王的颈侧！

波龙术王在这生死关头重整姿态，挺起腰端坐地上，武当剑重新集中剑势，猛刺燕横中路，燕横被他逼开，连人带剑抽身回来。

燕横保持距离，以“雌雄龙虎剑”连环再攻！

波龙术王曲起未受伤的左腿，犹如趺跏冥想的佛像般坐着，仅靠腰肢以上的半身发力，竟也能发出疾速连环快剑，每一招都以“武当形剑”截击，逼开燕横的攻势！

荆裂这时用刀支撑跪起半身，看见波龙术王顽抗燕横的奇特情景。

只见术王坐在地上的身姿也矮不了燕横多少，他虽用不上腿足，但仗着人高手长，仍然剑法精妙，除了不能移动进击之外，并未处于下风。

虽是极可恶的敌人，荆裂也不得不赞叹：

——此人确是天下罕见的剑士！

不过波龙术王只能守不能攻，也没有任何胜利的希望。他下盘的鲜血已是越流越多，不可能撑得太久。

另一头，童静已经捂着肩头站起来。她身子单薄，吃了波龙术王的蹬腿，肩头骨痛欲裂，右手一时举不起来。

她双眼都红了，咬着下唇不发一言，将“静物剑”交到左手，就要向波龙术王报仇去。

可是当她看见波龙术王展开“武当形剑”对抗燕横，顿时瞧得出神了。这剑法她在西安看姚莲舟使过一次，因而学会了其中一些窍妙；如今竟又有机会再仔细观摩，心里那求艺若渴的欲望，竟一时盖过了痛楚和愤恨，全神贯注地吸收波龙术王的“追形截脉”之法。

倒是练飞虹第一个冲上去助拳。他毕竟是老江湖，极为忌惮这魔头的诡计，心想还是该乘机及早将之了结。练飞虹经过连番剧战虽已是气喘吁吁，仍拼上最后一口气，抡起弯刀往波龙术王侧面绕杀过去！

波龙术王自知身体难以转向移动，无法再抵受对方这样多面夹击，情急之下竟然将手中的武当剑飞掷向燕横！

燕横没想到他连兵刃也舍得丢弃，后撤一记大仰身，避开这飞剑突袭！

波龙术王借这时机，用两条长臂加一条左腿在地上急急倒后爬行，那情状狼狈得犹如一只断了臂的可怜昆虫。但这怪异的爬行动作竟也甚快，不逊于一般人大步奔跑的速度，成功地把距离拉远了一些。

他急忙从五色宽袍的领口里揪出一大串项链饰物，其中有个小小的漆红木哨，他挑出来对准了自己嘴边。

“别再过来！否则那四百人都要死！”

他厉声疾呼，虽然说得甚急，但每个字都极为清晰沉重。

圆性把术王丢下的齐眉棍捡回来，上前与燕横及练飞虹并肩。

“让我来！”圆性没有面具掩盖的半边脸，几乎比另半边面具上的夜叉像更要凶恶。他右肩锁骨中剑处流血不止，一身都是自己和敌人的血腥，透着出家人不应有的浓浓杀意。

“不！”练飞虹紧皱白眉，伸出弯刀拦住圆性，再瞧着波龙术王，“你说什么？”

波龙术王那满是血污的脸，此刻绽放出阴险的笑容。

“我是说……”他把木哨贴在嘴角上，“只要我吹一吹这个东西，那头四百个男女老少，全都要死！”

“别听他胡说！”

这时孟七河带着唐拔等一干山贼，已从“因果桥”那头赶至。他乍见战场上横七竖八的尸体里，不少都是他寨子的兄弟，悲愤得目眦欲裂，恨不得马上就用八卦大刀狠狠斩破波龙术王那颗光头。

“你那边负责看守村民的手下，全都被我干掉了，你还凭什么？”孟七河持刀指向术王。

后头的群战也因为波龙术王的说话而暂停了。如今仍然能够站着的术王众，只余下可怜兮兮的八个人，已经被义军民壮重重包围。那八人一身是伤，他们深知自己在庐陵作恶太多，即使现在投降，对方也必然不会宽赦，个个恐惧万分，一边负隅顽抗，一边痛哭流涕。

王守仁听见波龙术王这话，知道事不寻常，下令义军先住手戒备。

"你只顾赶来助战，没有时间把那些人松绑吧？"波龙术王朝着孟七河冷笑。

孟七河心里一寒，知道自己犯了错，回头就要跑回寺旁那些泗塘村的人质那边。

"太迟啦。"波龙术王笑着说，"你们也都领教过我的'云磷杀'，知道它一眨眼就能杀多少人吧？"

一听见术王提及"云磷杀"，王守仁、荆裂、燕横等人回想到先前，庐陵县城数十人瞬间中毒惨死、横尸一地的可怖情景，心里不禁升起寒意。

唐拔也跟着孟七河，急急跑过"因果桥"，走到那群人质跟前。

唐拔上前，解下一名村民嘴巴中的布条。那村民仍然神情惊惶，半点没有获救后的欣慰。

孟七河看了，心里自责。

——怎么我会看漏了？假如早点察觉异样，也许……

"你们里面……有其他人吗？"唐拔问那名村民。

村民不敢回答，却回头瞧向人群。

靠着寺院的火光，唐拔随着那村民的视线看去，于人堆中看见一个与众不同的家伙。

这人也是一身农民打扮，混在泗塘村民之间，手腿却没有被绑起来。他一头发丝稀疏，脸色灰白，是长期受到药物摧残的结果，双眼透着了无生气的眼神。腰上也绑着绳索，与其他人紧紧连在一起。

孟七河看见了：这家伙左右双手，各轻轻握着一颗蜡丸。

“我在村民里安置了两个人，他们可不是我一般的弟子。”波龙术王说时瞧瞧荆裂，“就跟你杀掉的那头‘人犬’差不多，都被我用药物长期豢养。只要听到我这哨音，他们就会毫不犹疑地捏破手上的‘云磷杀’——这两个家伙就连自己是谁都忘记了，更不会对生死有任何顾念。”

“哼哼，以为靠几句谎话就可以活下去吗？”童静冷笑，“你要是有这么厉害的后招，一早就可以使出来，不用跟我们打到这个地步吧？”

“因为不只我们想杀他。他也想杀死我们。而且最好是用手里的剑。”

荆裂说着时，已在虎玲兰的搀扶下站了起来。

波龙术王凝视荆裂。最大的仇敌，却偏偏了解自己所想，是一种很奇特的感觉。

练飞虹回头看看远处人质所在。孟七河和唐拔到现在还没有回来，也就是说那边确实有麻烦。

波龙术王把那木哨含在嘴巴里，众人立刻大为紧张。但术王并未吹哨，只是撕下袍子上的五色杂布，紧紧包裹着大腿上的刀伤止血。他知道敌人里以练飞虹暗器最厉害，眼睛一直注视着他不放。

练飞虹确已将一柄飞刀拔出在手，但他深知术王反应神速，并无把握先发制人，不敢拿几百条人命去赌。

霍瑶花从地上爬起来，只见她本来就白皙的脸更无血色。她右肩所中的一箭甚深，卡入了关节骨头里，只稍一动就痛入心坎，别说拿刀，那条手臂连抬起来都乏力。

她知道假如现在强行拔出箭矢，恐怕流血不止，于是用左手扳着箭杆，运腕劲将之折断。她没有呼叫，但下唇都咬出血来。

波龙术王这时包扎好大腿，这才拿回哨子，但仍然举在嘴边，微微喘着气说："今天我们就算……平手。让我走，我就放过那些可怜的家伙，如何？"

就算他不说，荆裂已经猜出他的条件。他闭起眼睛，沉默下来。

"不……不！不行！"义军里的庐陵民壮爆发出叫声，继而感染众人。许多县民冲出去，他们虽然仍不敢接近术王，但远远围成了一个半圆，封住下山的去路。

"要杀他！一定要杀光他们！"有人激动得手中竹枪都在发抖，焦急地呼叫："各位大侠，请把这魔头宰了！不可放虎归山啊！"

"对对对！他一日不死，我们庐陵百姓一刻都不得太平，不知哪天又会回来！不可放过这个收拾他的机会！"

"你们疯了吗？"一人却在后头大叫，正是先前那个登龙村民赵大。他身受灭村之痛，自然不忍泗塘村也步上后尘："几百条性命，又有女人小孩啊！不顾他们死活啦？"

"我们拼了命上来救人，已是仁至义尽了！"一个庐陵县民反驳，"眼下关乎庐陵——不，吉安府无数人的安危，你说哪一边比较重？只好对不起他们……"

民壮里有百多人齐声高呼，附和这个说法。

其余的人，大半都沉默着，心里其实也宁愿拿那四百人质，换来术王一等人就地正法，只是不敢开口说出；只有少数的民壮，明确反对牺牲泗塘村民。孟七河仍在人质中共赴危险，他的山贼兄弟自然也反对动手。义军顿时就分裂起来，有的人甚至开始互相推撞。

“快杀！快杀！”前头最激动的那批民壮，不断催促着“破门六剑”下手。

波龙术王这时虽命悬一线，但竟然在微笑。

——他最喜欢干的事情，就是把人心里最黑暗的一面引发出来。

荆裂把一切都看在眼里，浓眉皱在一起。他想起那夜在登龙村，薛九牛跟他说过的话。

**——她们都是人家的妻子和女儿啊。**

“破门六剑”其他人看见这样的情景，也都顿时战意消退，露出失望厌恶的表情。

这时在阵中亮起了一抹剑光。

是站在中央的王守仁。他将佩剑高举向天，众人看见，渐渐沉默下来。

王守仁面容很平和，徐徐地说：“好，既然如此，我们就问问这儿所有人的想法，再做决定。”

王守仁这句话，令燕横和童静都很意外。

“怎么王大人会这样……”燕横焦急地说。

——难道王大人也相信，为了大义可以牺牲人命吗？……

这时王守仁降下剑尖，指向一人："就先从他问起。"

众人都呆住了。

王守仁剑尖所指的，乃是卧在地上的一名山贼的尸体。

"王大人，他已经死了……怎么问？……"

"再问他……"王守仁剑尖又指向另一个已牺牲的民壮。"还有他……"他不断指向地上的尸身。

所有人都沉默着。他们开始明白王大人的意思。

王守仁表情变得悲哀，露出痛心的眼神。

"你们想想，他们是为了什么而死？"他每说一个字都非常沉重："假如为了自己的平安，就可以无视别人的痛苦，那么你们跟从前在这魔头脚下苟活，又有什么分别呢？你们跟他又有什么分别呢？我们又为了什么打这场仗？死这么多人？"

义军之中以孟七河的山贼走得最前，也牺牲最巨，大半都已命丧青原山，生还的兄弟听了王守仁这番话，格外激动。

他再擎剑指向前方的"破门六剑"。

"你们再看清楚，他们几位流的鲜血。"

众人瞧过去。只见"破门六剑"除了童静只挨一腿之外，几位侠士经过连日大战一身是伤，先前治理包裹好的刀剑创伤此刻又再溢血，混身都渗着红色。最新加入进来的圆性和尚受了术王一剑，伤得更是不轻。

六人神色凝重地看着王守仁，又看看群众。

“这本来就不干他们的事，这几个人却舍死忘生地为大家而战。”王守仁语气极为难过，“看看现在的你们，还值得他们拯救吗？”

庐陵民壮看见“破门六剑”那失望的眼神，还有地上那许多牺牲者的尸体，先前力主要牺牲人质的那批人，顿然惭愧得垂头无语。

八名侥幸顽抗至今的术王众，趁着这时机冲出包围，走到术王猊下身旁，将他扶了起来。

“那边姓王的官。”波龙术王一边接受弟子包扎他手上的伤口，一边面有得色地说：“我认得你。你跟你身旁那群白脸书生，就是前晚站在那屋子门前的‘剑客’吧？呸，给你骗到了。要是那夜就干掉你，今天……”

他说到这儿就再说不下去。今夜他虽说靠着人质逼对方讲和，但确是结结实实给这伙人打败了，只好回到正题：“既然你们已经做了决定，就别在那边废话！”

他即命令弟子去把四处逃跑的马儿拉过来。

“慢着！”童静高呼，“休想走得这么轻松！你还没有解除那边的威胁！”

“以为我是傻瓜吗？”波龙术王笑着，接过弟子从战场拾回来的武当长剑，“解除了之后我还走得了么？先等我准备好再说。”

波龙术王甚是警觉，说的时候那木哨仍然不离嘴边，每次一说完话又把哨子放在嘴里，令对方无隙可乘。

这时术王众已将三十几匹马都牵过来，其中包括术王的坐骑和荆裂骑来的那匹黑马。一看见这匹本属梅心树的黑马，波龙术王又再怒视荆裂。但此刻他最关心的是赶快治疗自己的腿伤。因为失血他已感到少许晕眩，在弟子协助下才能够攀上马背。

霍瑶花接过黑马的缰绳，一名术王弟子则代她将大锯刀挂在鞍旁。

她垂着一条无力的右臂，回头看看荆裂，却发现他正与虎玲兰并肩站着。

荆裂察觉她的视线，向她高声说："我那柄小刀，还是暂时放在你那儿。因为我一定会再来找你的。"

荆裂这话令霍瑶花心弦震动。但他下一句话又叫她一阵心酸："还有你的主人。"

——"主人"……

霍瑶花再次瞧瞧那二人。

——不知不觉之间我都忘记了，为什么自己会落得这样……为什么不能够像他们这般自由……

她欲言又止间，前头的"主人"却已在呼唤："花。"

霍瑶花目光哀怨，牵着马往山门方向走去。

这时术王众已把要骑的马匹排好。波龙术王无言地一挥手，那八人就抡起刀来，将其余马儿逐一砍去一条腿！

——此举自是为了杜绝下山之后再被义军追击。

只听见满山都回响着马儿的惨嘶，令人心寒。术王所占据的马匹虽未被伤害，也都不安地轻跳。波龙术王一只大手掌捏在坐骑颈上，压住它的躁动。

童静转过头去，不忍去看如此残酷的一幕。

“收拾尸体的事情，麻烦你们了。”

波龙术王笑着，就率领仅余的部下往山门走去，却见王守仁与民壮仍然封着前路。

“啊，我差点忘了。”波龙术王故意逗弄王守仁，但王守仁不为所动。

术王有点没趣地继续说：“事情很简单，那边拿着‘云磷杀’的两个家伙，只听我一人号令。只要你们不碰他们分毫，他们就只会呆呆地站在原地。你们把村民松绑带走就行了。”

他眺望那些人质又说：“不过，我先前已经特别吩咐手下，把那些人都牢牢绑在一起，越复杂越好。到你们把村民都救走时，我们大概早下了青原山啦。所以还是别动什么歪念头的好。可是你们也别磨蹭，一到天亮，那两个人就要药瘾发作，到时候他们会怎样发疯，我可不敢保证。”

“先生，他说不定在胡诌！”王守仁身边的黄璇说，“你真的相信这恶徒的说法吗？”

“除了相信我，你们还有什么选择？”波龙术王凝视着王守仁，目中尽是嘲弄的神色，**“当好人，就是这么辛苦。”**

梁福通本来就担心首领孟七河在那边的安危，一听了波龙术王说出解救之法，也不等王守仁下令，已带着余下的几十个山贼兄弟，赶去溪河对面那头。

王守仁看了波龙术王一眼，无言地举起剑来。守住山门的民壮，不情不愿地让出一条通道。

“等……一等！”一名民壮向王守仁呼唤，“王大人，我们要怎么保证，这家伙一逃出山门，不会吹起那哨子？”

“他们在下到平地之前，都无法走得快。”

练飞虹走过来说，他后面还跟着虎玲兰。练飞虹趁着刚才的空当，已把落在战场上的几柄“送魂飞刃”收拾回来，此刻手上也夹着一柄。虎玲兰则取来一名保甲所带的角弓，换去手上绑住的断弓。

众人这时明白了：这北麓下山之路全是陡斜的石阶，马匹只能慢慢行走而不能开步跑动，否则蹄腿极易折断受伤。先前荆裂将黑马带上山来，也只是徒步牵着慢行。

“我们会在后头跟着。”练飞虹熟练地抛玩着飞刀，“要射中你也许仍然不容易，但要射马就很简单。”

如此一来，波龙术王在走出哨音可以传达的距离之前，不可能轻举妄动。

波龙术王早知对方会如此防备，只是不屑地看了练飞虹一眼，就把木哨叼在嘴边，策马踱步而去。

霍瑶花强忍着不再看荆裂一眼，也跟术王众牵着马儿紧随。

庐陵的民壮恨恨地目送这干妖人安然离去，很不甘心。有的人想到被杀害的亲朋邻里，都激动得牙关颤抖。

练飞虹和虎玲兰回头看看荆裂，互相点了点头，二人就跟着术王一伙，走进黑暗的山路。

民壮正在为圆性的剑伤包扎。圆性盘膝挺腰坐着，取下半边面具，面容恢复了平日的憨厚。

“呼……还以为会死呢。”他失血不少，但仍然谈笑如常。

童静捂着右肩，脸色颇是苍白，显然仍十分疼痛，不过右臂已经渐渐能够抬起来了。她看见术王已经从山门那头消失，就急忙问荆裂：“我们要再追吗？马上就回县城取马，也许赶得及……”

“他跟那妖女骑的，都是百中选一的好马，脚程格外快。”荆裂说，“我要是他，下山后更会叫手下分散四方逃走，以阻挠我们追杀。”

“可是他会不会……借这机会又去县城杀人？”燕横收起“雌雄龙虎剑”，一脸忧心地问，“我们可赶不及回去……”

荆裂微笑摇摇头：“你们看不出来吗？那家伙心里其实很惊慌。只是强忍着不表露出来而已。”

“对。”圆性也说，“这种邪恶的人，心里绝不相信人的善性。这最后一招，其实他并不是真的那么有把握，所以到了不得已的关头才拿出来。”

“看来他没有说谎。”王守仁这时带着门生走过来。众人随着他的视线看去，只见仍然焚烧的“清莲寺”旁，陆续有人影跑过桥来，正是获解救的泗塘村民。

这时民壮们放松了心情，庆幸自己生还。有的抱着相识的尸身，悲恸大哭。

看见这等情景，还有满地血肉模糊的尸首，王守仁和荆裂等人全都沉默起来。

——打仗就是这样的吗？……

燕横眺视烈火中的“清莲寺”，心里并没有半点战胜的喜悦。这短短数天，他亲历了很多事情，感觉对人世间的事又明白了许多。

这时他看见，有两名山贼扶着一个身影，过了“因果桥”向这边走来。

“王大人！”其中一个山贼说，“看看我们在后面的山洞里找到谁？”

只见那是个精赤着上半身、白发苍苍的老人，他一只手拿着一条被砍断的铁链，仍连着脚上的锁镣；另一只手抱着一个大布包，里面是大束刀剑。

王守仁看见老人，立刻眼神一亮。

“寒石子，你这老怪还是死不了啊。”

寒石子却不搭理他，只管将布包放在地上展开。除了几柄刀剑，里面还包着一大堆不同的石头。他仔细点算是否齐全，然后才去瞧面前的众人。

他首先留意的就是荆裂和燕横几个武者，还有他们身上手上的兵刃，白眉顿时扬起来。好一会儿后，他才发现原来王守仁也在。

“原来是你。”寒石子半点没有死里逃生的兴奋，只是用很寻常的语气说，“我还想，有谁打得赢那么邪恶的家伙？”

荆裂他们都几乎忘了，最初到江西庐陵来，就是为了寻找这位稀世的磨剑师，一见是个跟练飞虹不相上下的怪老头，不禁都微笑起来。

“你没事就好了。”王守仁也笑起来，“一天没有答应替我磨剑，你就休想死。”

“要我磨你那柄书生的玩意，我宁可死掉算了。”寒石子说着，看见那遍地尸体的战场，还有许多被残害的马儿在血海中挣扎悲嘶，白眉垂了下来：“也许最该死的人确实是我……要不是有我在，那恶魔不会到庐陵来，许多人都不用受苦。”

王守仁摇摇头。他瞧着寒石子，拍拍身旁燕横的肩头。

“世事往往就是这么奇妙。”他说，“也是因为有你，庐陵才有救星出现。”

这时童静发觉身后有异，回过头去看，才见到数百名庐陵民壮，已然聚拢在他们四周。

几百人一起跪下来，朝着“破门六剑”与王守仁，深深叩头。

凌晨的黑夜里，“清莲寺”的火焰仍然旺盛，映照进每一个人的眼睛。

# 第五章　磨剑

“此刀乃是‘当千军之刃’。”

寒石子伸出骨节突露而扭曲的手指，轻轻抚摸在战痕斑斑的雁翅刀的刃脊上。

他看着刀的眼神里充满了感情，并没有将之视为死物。

“可惜它长年尘封于草莽，有志难伸，直至换了你这主人，才得重露锋芒，刃上罡气这些年来得以重新聚养。”寒石子继续说，“它舍不下你，所以无论如何总会回到你手里。”

荆裂盘起一条腿，席地坐在寒石子跟前，听得入神。

后面那几句荒唐的话，荆裂虽然不相信，但前面那一段却完全说中了他的过去，还有裴师叔这柄家传战刀的来历，确是神奇。

今天已是“清莲寺之战”后的第四天。寒石子的家位于庐陵县城东部，本是一座荒废的小寺庙，大半的地方都辟作他淬磨与收藏刀剑的工房。至于起居的房间虽还算宽敞，但陈设简陋寒碜，连桌椅和床都没有，只是用几块大草席铺满地上，再放一个小茶几，就充作歇息读书之处，颇有古风。

"破门六剑"此刻集合在房间里，草席上整齐地铺满了各人的兵刃。

寒石子首先就观看荆裂的几件兵器，神态就像小孩忽然得了许多新玩意一样，逐一拿起来赏玩。这时他又捡起乌首短刀，仔细欣赏刀刃上的花纹："是回人传到南蛮的铸工啊。这刀叫什么？"

"当地人称它作'牝奴镝'。"荆裂回答："前辈真是见多识广。"

"难得，难得。"寒石子说着，看见刀刃上的损伤不禁皱眉："你可用得很粗啊。"

"刀子对我来说，只是器具。"荆裂坦然说。

寒石子点头："也是。"

他心里甚是兴奋。扫视席上各种兵器时，他一眼就留意到当中最大的一把——虎玲兰远从萨摩国带来的战场野太刀；另外又有练飞虹那柄造型奇特的西域弯刀，而荆裂的兵器更是罕有。

——要打磨这么多异国兵刃，将是一个很大的挑战。太好玩了。

荆裂的雁翅刀，自然是从战场拾回来的。此外孟七河和唐拔又花了一整天，游绳攀下那空地旁的悬崖峭壁，替荆裂寻回钉在壁上的铁链枪头和乌首短刀——荆裂从山壁逃逸落下之时，半途用这短刀插在壁上，减缓了下坠的速度，方才能平安着陆，否则绝不止一足一臂受伤就了事。

荆裂失落的多件兵器里，只有鸳鸯钺镖刀无法寻回。他猜想术王众大概不懂如何使用此器，将之收进“清莲寺”的兵器库里，恐已与寺院一同焚毁。

寒石子接着观看燕横的佩剑。他眼睛一亮，将长短双剑逐一拿起拔出鞘，只稍看一下就恭敬地还鞘，双手捧起过顶鞠躬，才放回席上。

“青城派至宝‘雌雄龙虎剑’。想不到，老夫有生之年，竟能捧到手里。荣幸。”

寒石子说时盯着燕横的脸不放。燕横不知他是何用意，但寒石子一直不语，令燕横很不自在。

寒石子瞧了燕横良久。沉默点了点头。

燕横还是不明白，荆裂却拍拍他肩膊。

“老前辈是在看你，配不配用这剑。”

寒石子无言地轻轻一点头，已经是对燕横的肯定。

燕横甚为激动，也向寒石子垂头敬礼。

每个认识燕横较久的人都看得出来：他经过这场战斗，整个人都不一样了，散发出一股从前欠缺的剑士气度。

童静更是格外为燕横高兴。这些日子朝夕相处，偶尔她就会看见，燕横练完剑一个人独处，总是一副茫然沉思的神情；又或大伙儿吃饭的时候，每每有什么东西触动了他的回忆，他就会看着一角发呆。她很清楚，“青城派”这个担子，在燕横心里有多沉重……

“然后是你了。”寒石子呼唤下，童静才从沉思中醒觉过来。她看见寒石子已经将“静物左剑”拿在手里。

寒石子瞧瞧手上的哑黑奇剑，又看看童静，皱着眉摇头，嘴里还发出“啧啧”的声音。

“喂，老头。”童静很不满地说：“有什么不妥就说出来，别净在那边嘀咕！”

“这剑杀气很重。”寒石子将“静物剑”入鞘放在身边，“是好剑，但不适合你用。”

他说着爬到房间的角落，找出那夜被救出时从山洞带回来的那包兵刃，从中选出一柄剑来。

“你可真幸运。你们攻打‘清莲寺’时，我正准备磨它，否则已经连同寺院一起毁掉了。”

寒石子将这柄剑拔出鞘来，只见剑身比一般的剑窄小得多，两边剑脊凸起，令剑身的切面略成菱形，直到前头三寸剑尖才变回平薄。剑柄护手和柄头皆成卷云状，握柄处交错缠着紫色布条，外形甚为古雅。

寒石子在面前轻挥剑锋。他本身不懂武功剑法，但经过日夕钻研，深刻明白刀剑使用之理，从中判断每柄兵刃的优劣，此刻要起来，动作发力竟也有点模样。

“我听说，这柄剑是几年前波龙术王杀害某个侠士夺来的。那伙妖贼里面懂剑法的人极少，因此一直没有人用它。就送你吧。”

寒石子只用两根指头巧妙地捏着剑尖，把剑柄递向童静，轻松得犹如拈着一根羽毛，可见他手指腕臂力量之强。童静见了这剑的优雅外形，早就怦然心动；但她刚刚才对寒石子出言不逊，现在假如欢欢喜喜地收下剑来，岂非很没骨气？因此她强装淡然，随便地伸手握住剑柄。

“此剑本名已失。我按照它的特性，给它改了个名字叫‘迅蜂’。”寒石子放开了手指。

童静虽然半跪在席上，但将“迅蜂剑”拿到手的一刻，已经感觉有种奇妙的契合，那重量平衡甚佳，而且比“静物剑”轻巧得多，更适合力气不大的童静。从刃形一看就知道这“迅蜂剑”是以尖锋刺削为主，也十分配合她擅长的战法。

——这柄剑，简直就像在等着她这个主人。

童静始终还是压抑不了心头欢喜，拿着剑轻轻比划时，笑得露出了一对门牙。

“不过那柄‘静物剑’我是不会换给你的。”童静向寒石子说，“我还是要带着。”

——只因它是上一次在巫山分别之时，燕横送她的信物……

“哈哈，到我了吧？”练飞虹这时搓着双手，满心期待。

众人以为飞虹先生贵为崆峒派前任掌门，寒石子一定礼遇有加。怎料寒石子捡起一柄飞刀，看也不看就丢到练飞虹脚边：“这种东西，磨不磨都没什么分别，不要浪费我的生命。”他接着指一指崆峒派掌门的佩剑“奋狮剑”和那西域弯刀：“这两柄倒还有点意思。我就姑且替你弄弄吧。”

寒石子说着，却又看看练飞虹受伤的右臂：“不过你这老骨头，受了这等重伤，我把刀剑磨好以后你还用不用得上？我可不想白磨一趟。”

“什么？”练飞虹的脾气也爆发了，“你不知道我崆峒派最著名的‘花法’？我只靠这只左手——”

寒石子却一脸没兴趣听的模样，霍然打断他：“这么多兵器，可不是三两天就磨得完。我看最少也得半年。”

“那么我们就在这儿住半年。”荆裂很爽快地答应，“庐陵百姓余悸未消，很害怕波龙术王再来，我们正好多留一段日子。而且……”他抚一抚包在眉心的绷带，“我们总要找个地方好好养伤。口袋里的银两没剩多少了，难得有个能白吃白睡的地方，没有走的理由。”

众人也都开怀大笑。

只有圆性，大大打了个呵欠。其他人都看着他。

他摸摸已再长出薄发的头颅：“闷死了。你们都用刀剑，唯独是我一个用棍棒，根本就没得磨。闷得我肚子又饿了。”

大家又再哄笑起来。

阳光从纸窗穿进来，晒在他们的脸上，很温暖。

〆

薛九牛下葬之处，就在县城西面他的老家马甫村外的一片墓地。他的坟墓跟好友小虎相邻。

墓地上还有十几座新坟，都是波龙术王来庐陵以后葬的，可知术王众的暴虐程度。

——九牛，你的墓是最后一座了。

荆裂伸着受伤的右腿，坐在坟墓前面的地上。已经过了十天，他左肩和右膝的伤却还没有明显好转，依旧难以发力。

荆裂在黄昏夕阳中赤着上身，露出一身花绣刺青，左臂仍用布巾吊在胸前。

长长的船桨横搁在他腿上。虎玲兰替他握牢船桨的柄头，让他可以单手雕刻。

荆裂在桨上又再刻下一道横纹，用的工具正是梅心树那柄形如兽牙的弯刃，柄头仍跟铁链连着。

他一下接一下用力地把刀刃挖进极坚实的木头里。那眉心添了一道新疤痕的脸，沾满了汗水。

跪在旁边的虎玲兰，一直默默地瞧着他雕刻。

刻好之后，荆裂将弯刃插进身旁土地，朝着薛九牛的坟头竖起船桨。

“这一道刻纹，不只是记下我杀死那个家伙。也是记念你。”

说着他就用船桨支地半跪起来，从地上拔出弯刃，连同铁链轻轻地放到薛九牛的坟前，用手挖拨附近的泥土，将那兵器掩埋起来。虎玲兰也帮助他堆起沙土。

“对不起，这次没能拿着波龙术王的头颅来祭你。这东西你就先收下吧。”他朝着坟墓拍一拍腰带，那儿插着另一柄一样的弯刃：“我刚丢失了一柄小刀，需要找个替代品。我们大家就一人分一柄，好吗？”

他向薛九牛挥一挥手，穿上衣服，向墓地外的小路走去，不再回头看一眼。

两人走到半途，荆裂突然将手中的船桨递给身边的虎玲兰。

虎玲兰不明白，正伸手接过时，荆裂空出来的手掌，就牵起了她那受伤的左手。

他们没有看彼此一眼，只是在墓地上牵手站着，眺望西边的夕阳。

虎玲兰彷佛听到自己的心跳，有好几次紧张得想把荆裂的手甩开，到最后还是跟着他一动不动。

良久，天色更晚了，荆裂牵着虎玲兰，继续走往拴着马儿的那棵路边大树。

一黑一红的身影共同骑上了马背。荆裂轻叱，催促马儿往来路奔跑，背负着燃烧的夕阳回去。

## 十

王守仁告别庐陵的早上，县城方圆十多里地的村镇百姓都来相送，城里真可谓名副其实万人空巷，要由“破门六剑”开路，才能出得北城门。

王守仁跟六个门生走到城门外，准备登上他来时所乘的马车。拉车的依旧是那头瘦马。先前一战，他们从术王众手上缴得数十匹良马，但王守仁仍拒绝拿一匹去换。

“这些马儿，是留给庐陵百姓重建生计用的，我不能取。”

数以千计的百姓带着各样农作的要来送给王大人，假

如堆在一起足以填满一间小屋。王守仁只轻轻一句“我带不走”，一概不收。

孟七河也带着一干从前的山贼兄弟跟随。他们十数骑决意要护送王大人，直至离开江西省界为止。

“请王大人让我报答这恩情。”孟七河昨晚如此向他下跪说。他见孟七河意已决，最后答应了。

王守仁与门生站在马车前，正要跟“破门六剑”交谈话别，后头许多百姓突然都跪下来叩头，哭着请王大人再多留一段日子。王守仁急忙叫门生扶起其中的老弱。

“我已经留了一个月。”他苦笑着说，“要去南京赴任了。”

这时一个雄浑的声音猛喝：“都站起来！”唬得那些下跪的百姓心头一震，有十几个吃惊得立马跳了起来。

这虎吼是圆性所发的。一个月来他又长回毛发，恢复了从前那副邋遢野和尚的模样。他以手上的齐眉棍猛力拄在地上，厉声说：“王大人要去升官呀，你们何以要阻拦？他这样的人才，以后必然步步高升；他当的官愈大，能够帮的人就愈多，远不止你们这些人，你们怎可这么自私？”

圆性语气虽粗鲁，但句句铿锵有理。百姓听了都自觉地收起悲情，一一站起来。

这时人群后头响起一阵不满的哄闹。只见当中有个肥胖身影，正是庐陵县令徐洪德。赶走波龙术王之后，王守仁仍一直下令将他软禁府中，直到几天前才将他释放。此刻，徐洪德带着儿子和几名下属，本想要来恭送王大人，但又尴尬得不敢上前。

“王大人，放了他真的好吗？”童静以嫌恶的眼神看着这个小官吏，手掌把在腰间的“迅蜂剑”柄上，这动作吓得徐洪德退后了几步。

“他终究是朝廷命官，难道杀掉他吗？我已查问过了，这姓徐的还没有坏透。”王守仁说。

住在庐陵这一个月来，王守仁派出其中四个门生，带着他的亲笔书信去拜访江西省官场里的多位同僚旧识，打听之下终于明白，何以波龙术王肆虐多时都无人理会。据那些人所知，波龙术王与庐陵以北多个县府的地方官暗中都有联系，其中关系着很大额的金钱交易。王守仁的门生听了，自然联想到“仿仙散”，定然是有贪官向波龙术王购入这种戕害身心的药物，在治域内大肆敛财。

那些王守仁的旧识，虽然因为害怕惹祸而未敢明说，但言语之间暗示，牵涉这可怕勾当的有省里的大官，背后相信还有更高的势力支持。

反倒是庐陵县令徐洪德，为人甚是胆小，不敢参与这“生意”，但又怯于上层的压力，只能不闻不问，得过且过，等待将来平安调任。当然他还是不免收些贿赂。

“这事情他脱不了干系，你们留在庐陵期间不必担心他来为难；他也断不会告发我们私下软禁、夺其权柄的事情。”王守仁又说，“此人并非大害，而且经过这次，他深知有把柄握在我手上，任期里必然不敢苛待百姓，庐陵将有一段好日子过。”

王守仁说时露出略带狡狯的眼神，微笑着看看远处的徐洪德。

练飞虹听了很是佩服：这个阳明先生确非一般腐儒可比，领兵打仗果敢机智，对付奸官时却又心计了得，实在是个全才！

儒生黄璇来到燕横跟前，向他拱了拱手："燕少侠……初见面时我说了些不客气的话，小看了几位武者……经过这场大战，我方才明白自己错了！"

"不，黄兄，你没错。"燕横也回礼，"只是我们的道路不同而已。荆大哥就说过，每个人都有他自己要走的路。这次襄助王大人之后我就在想，要天下太平，得有不同的人一起去努力啊。"

黄璇想不到这个比自己年轻几岁、读书也比自己少得多的剑士，却说出这等道理来，不禁低头再次行礼："受教。"

荆裂这时走到王守仁身边。王守仁见荆裂走路仍是瘸着一边腿，左手也还包扎固定着，心里想：这次他可付出了不小的代价……

荆裂从王守仁的眼神里，知道他心里担忧自己的伤久久未愈。荆裂倒是不以为意，只轻松地对他说了句："大人，保重。"

王守仁点点头："我的门生顺道查探过，是否有波龙术王一伙人的行踪消息，但半点头绪也没有，大概仍藏匿在什么地方。"

“你刚才不是说，很多江西官僚跟那家伙有来往的吗？”荆裂微笑，“我们之后就去逐一‘拜访’他们。总会找到蛛丝马迹的。”

——真是个不懂“放弃”为何物的男人。

王守仁捋着须，眺望城外远方的山色。

“王某预感这事情远远还没完结。将来甚至会演变成震动天下的大事。”

荆裂一听，知道王大人又是忧虑宁王府的野心图谋，不知何日爆发。

——喔，对了，现在才想起来，我还没有给那李君元答复……

“王大人，我们相识的日子虽短，但曾经同生共死，这份情谊不亚于剖腹知交。”荆裂这番豪言，令四周的人都静默下来：“他朝不管大人遇上任何危难，即是刀山火海，我等‘破门六剑’，必定前来。”

王守仁看去，“破门六剑”并排而立，虽然身上脸上还是带着大大小小的伤痕，但每个人都精神焕发，闪亮的目光里无一丝迟疑，都同意荆裂的承诺。

王守仁拱起双手过顶，以古人之礼深深垂头一揖。

“谢。”

简单一个字，却表达了极诚挚的感激之情。

“王大人，多谢你的教诲。”燕横上前说，“让我明白了许多——不管是用剑，还是做人。”

“我充其量只是个引路人。”王守仁看看左右的门生，微笑着回答：“都是你自己的领悟。”

王守仁接着就揭开竹帘进了车厢。朱衡、余焕、黄璇等六名阳明门生也逐一上马，连同孟七河的马队，出发上大路往北而去。

“破门六剑”看着队伍的背影离开，不一会儿后回头，却见数以千计的百姓还是聚在城门外目送，不肯稍移半步。

“去去去！还留在这里干什么？”练飞虹伸腿，踢踢旁边一个农民的屁股，“快回去干活！城里和村子里百废待兴，许多事情等着你们去做，还有空在这儿哭哭啼啼？”

“我们跟王大人这么拼死战斗是为了什么？就为了大家能好好过活！你们还不快回去？是要辜负王大人吗？”

许多本在哭别的人听后止住声音，擦干不舍的眼泪。人群渐渐散去。

良久之后，城门前送别的人已疏落，几乎只剩下六位武者。他们蓦然想起，此刻所在的这道城门，正是他们初来庐陵时进入的那道门。六人感叹地仰首，看看门顶城楼上挂着的那面粗糙的“破门六剑”大旗帜。

“糟糕。”圆性搔搔乱发：“好像有些手痒了。”

虎玲兰和童静噗嗤笑起来。练飞虹抓了抓白发说：

“敢情是干这种事上瘾啦。”

燕横点点头。

比起单纯互相磨砺武技，行侠，又是另一种修练。

“放心吧。”荆裂笑着说，“世上还有很多可恶的家伙，正在等着我们。”

他抚抚眉心的伤痕，把笑容收起来。

“何况先前的事情，我们还没有完成。”

乂

一个多月后，宁王府智囊李君元，收到一封神秘的书信。这封信不知是何人丢在王府侧门，上面写明由李君元亲启，被府里的下人拾到送交过来。

李君元打开来，只见信纸上一堆极潦草的字体，并无上款。

“吾辈武人非走狗飞鹰，汝欲驯养府内，实痴心妄想，今后休提。闻近日赣地妖邪当道，凡忠义之士，莫不痛绝。如悉宁王府牵涉其中，吾等虽千里之外，必尽取汝等人头。破门六剑字”。

这封冒犯的信，李君元当然没有给宁王看，慌忙撕碎。

李君元为向王爷取宠，力主吸纳武林人士，组成王府护卫的一路尖兵，但至今仍是两手空空，甚为苦恼。

不想就在收到“破门六剑”这封信的十二天后，一名向来有收受王府贿赂的南昌地方官，带着一伙奇怪的人来向他求见。

当今宁王朱宸濠，先祖乃太祖皇帝第十七子朱权，是开国初年文武双全的奇才，年仅十五岁即被父王派到北边镇守，所领大宁铁骑精锐叫敌人闻风丧胆，与四兄长燕王朱棣，并称诸王子中的双璧。

后来燕王以“靖难”之名出兵，成功夺取侄儿帝位而登基，是为明太宗永乐皇帝。助战有功的朱权为皇兄所诈，不止尽收兵权，更被调封南昌，在朝廷密探的监视下过活，只好钻研道家黄老之术，以表胸无大志，逃避朱棣的猜忌，最后郁郁而终。

朱宸濠为朱权五世孙，如今正值三十六岁盛年。他身高体魁，那挂着玉带的腰肢粗壮如熊罴，在宁王府殿宇下的廊道走过时，每踏一步都有一股猛兽出林般的气势。一双粗眉底下，眼目甚是锐利，眉心长年都皱起，这锋芒毕露的相貌，与当年意气风发的祖先，确是颇为相像。

宁王前后都簇拥着大群亲随。其中一名腰带双刀、身材壮硕的男子，左边嘴角一道伤疤横裂到耳垂下，令整张脸向一边歪斜，散发着极凶悍的气息。此人名叫闵二十四，本为江西南方一股剧盗的首领，获宁王招纳为心腹，册封护卫中将军，是最得王爷喜爱的贴身卫士。此刻闵二十四带着同是旧日兄弟的卫兵，拱护在王爷两旁前进——宁王不论去到哪儿都爱摆这样的架势，好提醒自己时刻都在备战。

朱宸濠身后还跟随着一名文士刘养正，是他视为左右心腹的两大智囊军师之一(另一个就是李君元之父李士实)。

这刘养正四十出头，相貌清奇，散发出一股书卷之气，乃是举人出身，家乡不是别处，正是庐陵县，但他长居南昌，被宁王延揽作幕僚已有十年。宁王府招集盗贼以组建护卫亲军之事，皆是由他一力主理。刘养正能言善道，文采亦佳，兼且擅长书法，甚得朱宸濠的欢心。

“备礼的事情办得如何？”宁王走着时向刘养正询问。

“已经办得七七八八。下个月就派人送上京师。”刘养正拿着纸扇拱手回答，“可是这次耗费不少，府库颇有点空虚……”

“就派凌十一去填补好了。”宁王淡然地说。凌十一是王府护卫的先锋将军，也是山贼出身，甚是剽悍好杀。王府所有见不得人的勾当，大多皆交由他去办。

自从当今正德皇帝登位，朱宸濠这些年来费尽心机，千方百计重建被撤裁多时的宁王府亲兵。他为此不断贿赂收买京城的大官，又连年进贡许多奇珍异宝以讨皇帝欢心，免除他的猜忌；再加上养兵所费不菲，府库开销极为庞大。为了充实财力，宁王府经常仗着威权霸占地方百姓的田产，一遇反抗即开杀戒，地方官吏也奈其不何。南昌一带民众，一听闻宁王府的亲兵要经过，莫不惊得鸡飞狗跳。

“臣下自当将此事办妥。”刘养正恭谨地说。他并非朝廷官员，本无资格称“臣”；如此回答，更暗暗有将宁王捧作天子之意。这里是王府深处，并无外人，刘养正才敢如此大胆讨宁王欢心。

宁王一行人到了王府西侧一个偏厅，这儿环境清幽，两面窗户都对着空阔的花园，宁王经常用作与军师亲信密议之地。

宁王正要叫闵二十四和众卫士等在厅外，刘养正不同意。

“还未知道见的是什么人物，王爷该提防一下。”

“先生心思果真细密。”朱宸濠微笑着点头。他虽然平日一副气势逼人的模样，但甚懂礼贤下士的道理，一向对刘养正十分尊重，常称他“先生”。就连一干盗贼出身的勇士，他也同样不嫌他们出身低微，常有嘉赏，甚至不时地与他们同桌吃喝。

宁王于是带着全体卫士进了厅内。

依旧一身锦衣的李君元，早就等候在厅堂里，一看见忙向王爷行礼。

“王爷大喜！”一待朱宸濠坐定，李君元就高声祝贺。他知道宁王甚为迷信，最喜欢听这样的话。

“最近有何喜事？我倒不知道。”宁王接过下人递来的织锦手帕，抹抹额上的汗珠。

“王爷可还记得，早前臣下说过西安府武林大战之事？”

宁王一听见，眼睛顿时一亮，满脸都是兴味。

“传！”李君元向厅侧呼喊。

两名王府护卫，带着一人从侧门进入。

宁王等人见了这名来客，俱是一惊。

只因这人身材，实在是高得太惊人。

波龙术王穿着胸口绣有“太极”标记的“褐蛇”道袍，进来时步履生风——他大腿所受的刀伤其实还没有全好，只是其超卓的轻功步法足以掩饰。

他跪在宁王跟前十尺之距，那颗光秃秃的头颅仍然到王爷的胸口高度。宁王一见此人的奇貌与不凡的气度，已经欣赏地笑了。

波龙术王朝朱宸濠低首叩头。

“在下武当派弟子巫纪洪，愿为犬马，助王爷成就不世霸业。”

# 第六章　传人

二十七年前，弘治元年。

恶战结束之后，铁青子最想做的第一件事情，就是把鞋子换掉。

当你在积得犹如泥沼的血潭里来回奔走站立了超过一个时辰，渗透鞋袜的浓血把脚趾头都胶结在一起，脚底传来一股湿冷的寒意时，你会渴望一双干爽的鞋子，就如荒漠里的流浪者渴望一壶水一样。

纵使，你经过了如此惨烈的战斗。

纵使，你是修道多年的化外之人。

纵使，你看着自己珍爱的弟子，一个个倒下，流出的鲜血又再添进那沼泽里。

他站在腥气扑鼻的大山洞里，向四面环视。雕刻着各种奇特魔神像与咒文的石壁之下，尸体相互交叠。到处都是散落的兵刃，半浸在血红之中。

石洞深处立着那尊“九九无上师”泥塑像，已然斜斜断去上半身——先前铁青子以一记“武当势剑”气劲贯发的劈招，在那偶像前斩杀了物移教的端罗道王，余势更将这泥像一剑两断。

铁青子垂着已然满是崩缺的佩剑，一步一步走过黏稠的血，朝着“大欢喜洞”的出口走去。两旁的尸体大都是身穿五色衣袍的物移教徒。偶然看见一个穿着武当道服的身体，铁青子心头就震动了一下。

每一个弟子，他即使只看背影都唤得出名字来。全部是他亲自训练的精锐“武当三十八剑”。这么多年的努力栽培和修练，如今却全都化为虚空。

铁青子不由得想起，在大战里多次听到物移教徒吟诵的经文：“灭化无常”、“物灭灵归”……

——我这么做，真的有意义吗？……

回想一个月前，他自武当山出发之时，长老师叔与同辈师弟大都反对此事。但铁青子在“遇真宫”里只说了一句话。

“谁才是武当派的当家掌门？”

如今看见这许多弟子的死尸，铁青子感觉一颗心正在崩裂剥落。

代价实在太大了。

铁青子决定攻打物移教，举起的是“为民除害，行侠仗义”的大旗。物移教徒聚结在南阳一地已有百多年之久，近日确是愈加猖獗，烧杀抢掠、掳劫妇孺的恶行时有所闻，行凶甚至远到湖广省界。武当山地近物移教势力范围，身为天下“九大派”之一，义不容辞。

但其实他出兵的真正原因，起于一次偶遇：半年前铁青子走访谷城的道观，顺道带弟子游历，在老河口碰上四个恶名昭著的物移教徒。

那些人打斗时全不畏死的狂态，深深震撼了铁青子。本来只是轻松平凡的武艺，用在这些教徒手上，却顿时可怕了一倍。随行的一个亲传弟子，更因为惊愕而被物移教徒的刀子刺得重伤——虽然最后四名恶徒还是被铁青子尽诛。

那次事件之后，铁青子就像着了迷，很渴望知道这干邪教人物，到底藏着什么强大的奥秘。

——我们讲究修道养生，虽说是先祖所传之学，可对武功没有半点儿帮助；反而此等邪恶的信仰，却将教徒铸炼成这样的战士……

从此，铁青子每天都在想着这念头。平日修道的功课都荒废了，全换成锻炼拳脚；主持祭祀或领弟子诵经时也是心神恍惚。

直至物移教徒在郑州村郊屠戮乡民的消息传遍整个县后，铁青子才做出了这个重大的决定：精锐全出，由他亲自率领进攻物移教总坛。

他转过洞穴走廊一个弯角后，蓦然看见外头的天空。天色虽然已近黄昏，铁青子仍感到阳光甚是刺眼。

被血染红胶着的须发，连风也几乎吹不动。铁青子一双本来像鹰隼般锐利的眼睛，此刻透着浓浓的疲惫，眼肚现出深重的淤黑，就像三天三夜未睡一样——这一战其实不过大半天，短促而峻烈。

他终于看见第一个生还的弟子。

陈春阳拿着折了尖锋的长剑，在掌门师父跟前下跪。"武当三十八剑"中，陈春阳是最稳重的一个。他只比行年四十二的师父铁青子小十岁，面容有一股书卷气，因此武功常被人低估——能够生还到现在，就是他真正实力的明证。

——这被人低估的命运，二十多年后也传到了他侄儿、武当"镇龟道"剑士陈岱秀身上。

"多少……？"铁青子找一块岩石坐下来，询问时打量陈春阳全身上下，看见他一条左臂软软地垂着，胸腹间好几处都渗着血，受的伤很不轻，但面容仍然镇静。

"就只剩下我们。"陈春阳用剑往身后一指。

只见这南阳北郊百重山的崖上，只有寥寥几条身影站着。

"五个吗？……"铁青子目中充满悲恸的同时，却也因为拥有这几个血战生还的徒弟而深感自豪。

除了陈春阳外，站得最临近铁青子的是叶澄玄。叶澄玄仍然没有完全从战斗的震撼里清醒过来，眼睛失落地看着地面，无视师父的出现。他提着双剑的手无法控制地颤抖着，一张年轻的瘦脸比平日更要煞白。道髻早就散乱，两侧长发披面，掩得神情更加阴沉。

叶澄玄能够生还，让铁青子颇感意外。毕竟这弟子才十九岁。

可是在生还者当中，他仍然不是最年轻的一个。

那弟子背向着众人，站在山崖的边缘，一手斜斜垂着沾满了血的长剑，另一手叉着腰，正在观赏日落。那头如云般微卷的浓密乱发，被风吹得起舞。

这时陆续有人声从山路下方传来，是这次远征的其他武当弟子。铁青子此次虽号称率领“武当三十八剑”，但其实带来的弟子多达百人。这些较弱的弟子，主要负责在旅程上支持，铁青子只让他们等在山腰，以免作无谓的牺牲；如今尘埃落定，陈春阳即生起狼烟，通知他们上山来。

“有几个邪教徒向我们投降了……有的还带着小孩子……”陈春阳这时又说，“师父要如何发落？”

“先带回武当山再说。”铁青子说时有些心不在焉。他仍然在念着众多死去的弟子。武当派一天之内，一整代近乎全折。这是元气大伤的灾难。

——武当派此后就要凋零了吗？……百多年的威名，都要毁在我一人手里吗？

——不。还有希望。

铁青子的眼中重新燃起火焰。他这时才想起这次远征的目的：要取得物移教的奥秘，令武当派武道更上一层楼！

他记得今天闯过的物移教房屋与洞府，里面全是成排的书架和箱子。他一直渴求的东西，就藏在其中。

——既然已经付出了如此惨重的代价，更没有放弃的理由。

铁青子站了起来，那高大的身躯，恢复先前战斗时的气度神采。

他下令弟子点燃火把。这是收获的一夜。

那一夜，武当弟子将物移教总坛所藏的经书、卷宗、药物、器具及其他珍奇尽数卷去，再雇用山脚村镇的民夫运送回武当山。

但铁青子所得的不只是东西，还有人。

他率领叶澄玄等几个弟子，拿着火把探索那犹如迷宫的“大欢喜洞”，其间寻到一个通天的洞室，里面有几座土窑，看来是物移教徒烧制药罐陶器之用。

铁青子发现，有个小男孩藏匿在土窑里面，躲过了外面的杀戮。

——当时许多物移教徒为了催发战力，服食了能引发兽性杀意的药物“鹿心丹”，但有的人服用过量，无法自控，就连教里的妇孺也遭毒手。

铁青子伸手进去，将那大概只有四五岁的孩子抱出来。哪知他双手一抓着孩子的身体，孩子就发出呻吟，同时猛烈地挣扎。

铁青子强行把他抱出。在火把照映下，这男孩眉清目秀，轮廓很是俊美，但却消瘦得很，看来十分虚弱。一双眼睛透着女性般的温柔。

铁青子第一眼就很喜欢这个男孩，把他带回了武当山。

没有人知道这男孩的姓名。因为是在窑里找到的，铁青子就替他改姓“姚”。武当山上下的人都简单地称呼这男孩做“姚子”。

铁青子后来才知道，姚子当时为什么会挣扎。

姚子乃是物移教从附近村镇抓来的孩子，作各种奇药试验之用，故被称为“试药童子”。姚子从被抓到获救的一年间，跟其他数十个“试药童子”一样，每天都被灌药，最后能够活下来的本来有三个，其余两个却都在大战中死了——一个被发狂的物移教战士斩杀，另一个逃走时失足摔下山崖。

因为长期服食奇药，姚子的体质异于一般人：他的皮肤触觉比正常人的敏感很多倍，只要被人用力一捏，或者碰得稍重，都痛得像被铁器拷打一样；炎夏不能够晒太阳，隆冬则要全身密实包裹，不可给寒风吹拂。甚至连质料稍为粗糙的布衣，他穿上后就感到像赤身在铁沙堆里打滚一样。

这么脆弱的身体，当然不可能跟武当派众道士习武。山上的人都说，这孩子活不过十岁。

可是铁青子仍然坚持要收他做弟子。

拜师那一天，铁青子与姚子在“真仙殿”的三丰祖师巨大神像前盘膝对坐。

“世上有的人，天生就要干非凡的事情，而上天也往往赐给这种人不平凡的磨难与逆境。”

铁青子说着，将放在身边的一柄快薄的短剑拿起来拔出鞘，将剑柄递给姚子。

“我无法确知你是否是这种人；也不能肯定地告诉你是否有克服这身体的一天。可是人只要还有一口气，总得去想自己活在世上的理由。”

“假如你真痛苦得活不下去，也可以选择现在就用这柄剑了断。不管如何，拿起它。”

姚子的小手首次握住剑柄。那重量令他吃了一惊，剑尖垂落到地板上。他深吸一口气，才将短剑再次举起来。

铁青子不知道，自己这一番话姚子是否听得明白。这孩子毕竟只有几岁，而且经历这么可怕的事情，长年像头猪一般过活，没有人教他任何东西。

可是姚子自然就做了一个动作：双手将剑指着前头。

身姿松散无力的不能称之为“架式”。

但确实是举剑的架式。

——就如那天懂得躲进土窑里一样，姚子的身体好像能自行往求存的方向走过去。

姚子成了铁青子任武当掌门以来教导过的最年幼的弟子。

铁青子做梦都没想过，这事情将在以后具有何等不凡的意义。

## 十

自百重山大战之后，铁青子就对武当原有的那套“道武兼修”越来越感到不耐烦。除了平日练功授武之外，他就一头埋进缴获的物移教典籍里，寻找一切有关武学和战斗的记载。有的经书乃是用物移教独有的咒文所写，幸好当日十几个向武当投诚的前物移教弟子中，有两个就是专门写祭文的“教目”，精通那堆弯曲古怪的字体，铁青子不断催促他们将内容逐句翻译写下。

从前铁青子虽然天生相貌精悍，但受道经熏陶多年，培养出一股修道人的和善；如今样子却愈来愈让人难以亲近，脸孔轮廓加深得像被刀刻，混身散发着山林野兽似的气息，甚至连澡也不多洗。

终于在半年后，铁青子公然宣布不再用道号，恢复俗名公孙清，又下令武当派全体还俗，弃修道养生术，专研武学一途。就连本山“遇真宫”也全改成了习武场。

几位师叔长老和师弟群起反对，但公孙清淡然地回答他们：“我已然铁了心，要将武当派带上另一条道路。不喜欢与我同行的人，请你走。你们别无选择——除非拥有杀死我这个掌门的把握和决心。”

于是他们都离开了，前往武当山另一大道宫“玉虚宫”暂住，心里以为公孙清和武当派没有了他们这些大支柱，很快就会崩溃。

没有。而这些人也没有再返回武当派。

公孙清的众师弟当中倒有一人全力支持他，是同辈里“太极”拳术仅次于公孙清的师明虚。他不久之后也跟随师兄放弃道号，用回本名师星昊。

其他众多诚心跟随掌门的弟子也都一一还俗。有人恢复本名；有的则因为出身寒微，本名太低俗，就照旧将道号当成名字，又或做点修改，比如叶澄玄就将名字改成音近的“叶辰渊”。

也由于武当派这一变革，姚子上山之后，没有人按旧有的习礼给他改个道号，于是大家依旧都是叫他姚子。

之后，公孙清就像着了魔一样，不断将武当的训练和架构改弦易辙，又急急从各地方吸纳新弟子，以填补“武当三十八剑”三十三人阵亡后的人材缺失。他每日每夜都在狂热地绘画心里的草图，誓要建立一个前所未有的武当派。

不过他也没有疏于训练姚子。

假如姚子身在其他门派，比如少林或华山，他不会有任何希望；但将他救出来的，偏偏正是武当掌门。

武当派最高深的一种武功，就是“太极拳”。这武功最讲求对劲力流动的敏锐感应，从而诱导和控制对手，破坏其身体架势的平衡，制造克敌的契机。

而姚子，正好就拥有远比正常人敏感的触觉。

于是公孙清做了一件武当派开山立道以来未有之事：对一个新入门弟子什么基本功也不教，就先教最高的“太极”。

因为姚子吹不得风，也晒不得太阳，公孙清就将他带进“真仙殿”侧的一个密闭的斗室里亲自开拳。

“相传三丰祖师观看蛇鹤相斗而得到启发，再贯以太极阴阳生克的道理，创编出‘太极十三势’。”公孙清向他说，“我说这全都是胡诌。武功本来就是给人用的，也是人从打斗中领悟创造的。这个世上从来不会有人先开创或订立出一套哲理，然后才依着它去发明打人的拳术；正好相反，人都是在暴烈相斗里发现有效的法门，将之归纳传承，慢慢才成为一套道理，再衍生出练习之法。”

公孙清缓缓坐马提起双臂，是为“太极·起势”，开始在姚子面前打起拳来。“祖师传下的这拳法，讲究极柔软也极坚刚。刚劲自极松柔而生；柔功化解也是为刚劲贯发的一刻制造契机，二者互为表里，绝非外人误解的‘偏柔’之拳。”

公孙清说着，突然就全身激烈扭动发出一捶，手法之刚之速，只像影子一晃。姚子深深为之着迷。

“‘刚柔相济’也好，‘舍己从人’也好，这些全都只是拳术的法门——也就是如何狠狠将对手打死的方法，绝对不是像我师叔们说的什么‘利万物而不争’的狗屁废话！追求武道，就不可能逃避战斗，就要有争霸天下的决心。若是照他们那一套，再过几代，我们武当派最高深的武功，就只会沦为装模作样、纸上谈兵的假货。这些你务必牢记。”

公孙清停下拳路来，走到姚子跟前，为了迁就他细小的身躯，将身子马步坐得更低，伸出一条手臂。

“来。伸出手来，搭着我。”

## 十

身体有毛病的姚子，练武时要忍受比常人痛苦十倍的折磨。每一次被师父摔倒，他就感觉像从三层高的屋顶跌下来一样重。那种痛楚和精神恐惧，不是一个正常的几岁孩子所能承受的。

但他捱过了。

凭着特异的敏锐触觉，姚子只花了一年时间就领略了“听劲”，身体也随着大量的锻炼改善了，不再是从前虚弱的模样。他以相当于其他武当弟子数倍的速度，不断地吸收和积累“太极”的功力。

就连每天承受强烈的痛楚，也都变成有利的修练：经过一段日子，他已然习惯背负着身心的折磨练习，专注力绝不为其动摇。

有一次公孙清摔得重了，姚子左前臂断了骨，他竟然连眉头也没皱一下就继续与师父“推手”，再过两三招后，公孙清方才发现他受伤。公孙清这时惊讶地看出：这个徒弟不知不觉间，已经磨练出冷硬的钢铁斗志。

而那时姚子仍不足十岁。

十岁之后，更奇妙的事情发生了。

也许是拼命练武的功效；或是物移教药物的效力经长年累月消减了；又或者只是他自己的努力……姚子开始能够用意志控制身体触觉的敏感程度。再经过好一段时间的练习，他终于能够不经思考，就将触感压抑到与常人无异，像其他人一样生活。于是姚子也加入武当弟子的集训，得以弥补从前缺失的基础功法锻炼。由于已经学习“太极”多年，他的肢体协调能力甚高，吸收这些基本功就变得举重若轻了。

同时他的“太极”功力却并没有因为身体变化而流失：他学会了在需要的时刻，将那压抑着的超常触感极短暂地释放出来，而且聚于肢体一点，因此“懂劲”和“化劲”的功夫丝毫没有变钝，反而因为体魄改善了而运用得更轻松。

这段日子公孙清忙于组建全新的武当派，设立“兵鸦道”、“镇龟道”和“首蛇道”三大部；又在武当山上大事扩张，开辟好几个新练武场以容纳更多的门人。他亲自与姚子练功的日子渐渐少了。

但是没有关系。姚子的磨练对手早就不只师父一个，而是整个武当派的同门。其中以师星昊和叶辰渊最积极培养他，因为他们都渐渐生起了跟掌门一样的念头：

——攻灭物移教的最大收获，也许并不是那些秘籍与奇药，而是这个孩子。

他们看着姚子一天一天变化成长。瘦削的身躯渐渐现出武者独有的肌理；原本因为身体毛病而养成的自卑个性也都消失，在练武场上与众人打成一片——虽然大部分的同门其实都比他年长一大截。这是自信的表现。

有的武当弟子一看见姚子到练武场来上课，就会脸色大变——在众目睽睽之下被一个十来岁的少年打倒，可不是好玩的事。

十六岁。姚子打破了武当派历来的纪录，在道袍的胸口挂上“太极双鱼图”的标记，乃是正式体得“太极”的证明。以这样的年龄，闻所未闻。

同时他也飞快地完全掌握了“武当四剑”和刀法，开始向下一步——“太极”兵器迈进。

“天才”之名渐渐冠到姚子身上。

——然而人们不明白，他这十年所花费的努力与承受的痛苦，等于常人三四十年承受的总和。

姚子的存在更影响了整个武当派。从师星昊、叶辰渊等人以降，每个人都会担心，自己的武功不知何日会被这小子超越。是三个月后？半年？已经被超越的人，也在害怕下次跟他的比试，希望至少不要输得太难看。所有人都在他的激发之下更奋发修练。

公孙清大概就是在这时候看出了姚子的领袖潜质。无需任何心计或策略。他的出现，就足以激励身边所有人。

而在姚子眼中，公孙清就是赐予他第二次生命的人，等同他的父亲。

“总有一天，武当派要向世人宣示：我们天下无敌！”

公孙清已不只一次在“遇真宫”向全体弟子宣讲。姚子对这话深信不移，并且下定决心：为了报答师父的厚爱，他不惜以生命去完成这个宏愿。

“天下无敌”这四个字，成为推动姚子继续向前迈进的力量。

乂

姚子二十岁行成人之礼时，公孙清才终于正式赐给他一个名字：姚莲舟。

“莲舟”二字，来自本派第二任掌门俞莲舟。公孙清如此挪用，若换作从前，必定被长老谴责对先祖不敬；但今日他锐意打破一切派内的教条，对这等小事更是不放在心上。

俞莲舟在百多年前张三丰祖师的七大弟子里，被誉为不世天才，后来也果然获师尊挑选承继衣钵。公孙清赐姚子此名，其含意不言而喻。

往后的日子，姚莲舟仍像一辆滚下山的车子，完全没有一点要慢下来的迹象；同时公孙清却愈来愈衰退：改革武当派架构，耗费了他极大的心力；此外他又参考物移教的主张，通过门下弟子严酷的比试，不断测试和改进武当派的各种武功，编制更有效果的锻炼方法……这些都是非常艰辛却又必要的工作。公孙清不管是个人修练还是休息的时间都大大削减了。

有时候他为了提神，更偷偷服用物移教的秘药，又令身体负荷更大……还有一个无人能改变的事实：公孙清开始老了。

师徒二人，一荣一枯。

公孙清并非不知道，自己是在如何燃烧自己的生命。但他无法压抑内心那股狂热。

有一次公孙清又在苦思，要如何将武当派“斩马刀”、“游龙刀”等刚猛刀法之长，融入“武当四剑”里面，却苦思不得其法。

这时姚莲舟进来探望师父。他听到公孙清的难题，又看他比划了好一阵，就说："先改造兵器，自然就用得上。"

姚莲舟马上就拿起几上的笔墨，在纸上画出他心目中的兵器图：既有单刃刀的刚强，前端却又开成双刃的轻巧剑尖，刀剑合一，尽取两者之利。

"唔，这儿护手最好这样……"公孙清取过姚莲舟手中的笔，将那兵刃的护手改成一个"卍"字双钩。"这向上的逆钩，可拑制敌人兵器，便于近身相抗时运用'太极'，那就更加无懈可击！"

姚莲舟猛地点头叫好，又忘形地说这兵刃的细节应如何打造，柄头如果造成环首可以有什么妙用……两人你一言我一语，愈讨论愈兴奋，竟为设计这"单背剑"谈了整整一夜，直至天色破晓都未曾察觉。

乄

姚莲舟二十五岁那年的某一天。

在最高级别的"星凝武场"上，姚莲舟以木剑，首次比试击败了比他年长十四岁的师兄叶辰渊。

许多同门都无法相信所目击到的事实：被他们背后称为"剑鬼"的叶师兄，其得意的双剑，被姚莲舟"太极剑"彻底破解。

这一幕公孙清也看在眼里。然后他心里下了一个决定。

就在次天，他召集武当上下门人，宣布了两件事情：第一，武当派从此设“副掌门”之位，他并且一口气立了四名。

其他三人的名字，所有人都心中有数。但当公孙清说出“姚莲舟”时，他们还是不禁停住了呼吸。

——但也不得不服。

被师父叫到名字的那一刻，姚莲舟只感全身血脉沸腾。从物移教的土窑，到今天成为武当派一人之下的副掌门。二十年的历程。很长，但也像是昨天的事。

二十年前师父说的话，他一直铭记。

世上有的人，天生就要干非凡的事。

姚莲舟心里恨不得明天就率领“兵鸦道”下山，去挑战天下各大门派，为师父打一块“天下无敌”的招牌回来。

他已经能够想象，与师父同享荣光的情景。

正当“遇真宫”广场上众人都在热烈议论时，公孙清又宣布第二件更令他们吃惊的事。这事公孙清其实已在心里计划了许久：

武当派设立“殿备”之制，任何一个弟子，随时都可以挑战副掌门之位；武当掌门也从此不再以挑选的方式传承，而是由副掌门以实力夺取。

——今后在武当派里，不论要获得别人的任何认同，都只有靠力量一途。

同一夜，姚莲舟被师父传召进入“真仙殿”。

就像二十年前拜师那天一样，空荡荡的木板地道场里，就只有他们二人。

须发已半白的公孙清，依旧盘坐在真武像的底下。殿里被成排的烛光照得很亮。公孙清的面容精神内敛，似乎恢复了昔日的气度。一身武当掌门白袍洁净如雪。

他身旁左右各放了一柄兵器：左边的武当长剑，正是他当年恶战物移教所用的兵刃，封存多年未曾再用；右边那柄似剑非剑、似刀非刀，剑柄与剑鞘到处饰以白银云纹镂刻，护手成“卍”字反钩，柄首装了个圆环的，就是他们师徒俩一夜的心血“单背剑”，已然铸造完成。

姚莲舟看见这柄剑，并无应有的兴奋之情。

因为他很清楚，师父召他前来是为了什么。

“从我教你的第一天就说过：我们武者绝不能欺骗自己。”

公孙清左手提起佩剑，拄在木板地上。

“我们都知道一个不容否认的事实：武当派‘天下无敌·称霸武林’的霸业，不会在我手上完成。”

姚莲舟的眼睛，已经湿润。

——自从能够克制身体的毛病以后，他都没有再哭过。

“武当派绝不会走回头路；而我无法接受，在这霸业旅程里，自己只当一个象征性的空壳。我只能把这掌门的棒子交给另一个人。

“就算不是你，也将会是我另一个徒弟。然后你始终也要跟那个人来一次决斗。你逃避不了。既然如此，我希望从我手中直接抢到这根棒子的人，是你。并且由你去完成我的野心。”

姚莲舟静静地流下两行泪。

公孙清另一只手把“单背剑”抓起。

“来吧。我钟爱的弟子。”

他将“单背剑”朝姚莲舟抛过去。

那一夜，只有一个人能从“真仙殿”走出来。

从那夜开始，姚莲舟关闭起所有对人的感情。在武当山上，他没有再笑过。

武当开山祖师张三丰创“太极拳”之过程，按武当派内的记载，乃是观看蛇鹤相斗得到启发，再结合道家养生功，独自开创“太极十三总势”；但根据外间的考究，在张三丰之前世上早就存在理法相近的内家武术，因不同支派而有“先天功”、“绵拳”等多个名称，最早甚至可追溯至唐代，张三丰的“太极”其实受过这些古代拳功的影响启发，并且集其大成——毕竟一种精妙的武功，要在一时一地由一人独创，实在不大可能。

古代“先天功”其中一支，曾传到江南安徽泾县俞家，族内男丁代代习练，在地方上颇有盛名，其中以俞清慧、俞一诚武名最著。到明初时，“俞氏先天功”传至俞莲舟，他为人聪慧，相传十八岁即尽得家族真传。

俞莲舟其时与宋远桥、张松溪张翠山兄弟、殷利亨及莫谷声等武人相交，互相切磋研究了好一段时日；后来闻知武当山张三丰真人具有神妙绝艺，遂连同族弟俞岱岩共七人登山寻访，欲深造内家武术，结果在武当山洞窟觅得张真人所在。七人此后多次前去拜访受教，始得张真人收纳门下，这“七大弟子”成为了日后武当派武道之基石。

俞莲舟因天赋最高，尽得张三丰“太极”真传，成为武当派次代掌门。最初张三丰所创的“太极十三势”较古朴，各为单势练习，俞莲舟则根据“十三势”变化创造出更细致的拳招，如“单鞭”、“懒扎衣”、“摆莲”、“栽捶”、“云手”等，共三十七式四十二手，又将各式贯串，连绵不断地锻炼，故称“长拳”。武当“太极拳”至此才真正完成。

同时在“七大弟子”中，张翠山、殷利亨、莫谷声因年轻时就精于刀剑，将“太极”之拳理应用于兵器上，又开展出“太极”兵械之术。

武当派传至公孙清时大加改革，将“太极拳”中的养生功法部分全部去除，“长拳三十七式”也被他筛选精简至二十二式，复加入新编的较猛烈辛辣的四式，合共二十六式；且各式可自由连接变换，不拘于既定的套路，应用于打斗时变化更大，是继俞莲舟后的第二次改造。

# 第七章　秘练

姚莲舟从深沉的静坐中醒觉过来，回到现实的世界。

一睁开眼，他看见面前一片模糊。

不，不只是因为闭目太久的关系，而是眼眶一片潮湿所致。

他伸手摸摸，才发觉自己脸上流了两行泪。他想不起自己为何而哭。先前明明让精神进入了虚空的状态。

整座“金殿”都是铜铸建筑，在隆冬中比室外暖和不了多少。殿角生了一炉小小的炭火，发出的“必剥”声音清晰可闻。除了从窗格吹进来的风，一切都如此寂静。

姚莲舟瞧向窗外片片落下的飞雪。

西安之战至今匆匆已过了将近一年。虽说与各大派订下了五年的“不战之约”，姚莲舟可不会停下来等待他们。自从回到武当山后，他又再投入修练之中，欲将那一战所得的经验，与平生所学融会，再创造出新的武技。

——没有半点松懈下来的余地，这正是身为王者的宿命。

可是事情并不顺利。姚莲舟这两三年来就察觉，自己再不可能像从前那般不停地高速进步。

这其实是非常自然的事情，就如锻炼力气，一个人最初由只能举起一百斤，练到举起二百斤，是只要努力就很快可以达成的事情；要再从二百斤加到二百五十斤，开始变得比从前困难；然后要举到二百七十斤、二百八十斤、二百八十五斤……当你愈来愈接近自己的极限，到最后就连再加半斤或几两，都变得非常不易。

姚莲舟无疑就是走到了这样的境界里。

虽说是常理，但他无法接受。他知道去世的师父公孙清也无法接受——姚莲舟这个人，就是因为打破了常理，才站到今天这位置上。

于是他又再独自上来天柱峰闭关。

然而在“金殿”潜修了整整十二天，依旧一无所得。

——难道……我变弱了？

世上所有修练技艺的人，都总会有怀疑自己的时刻。姚莲舟也不例外。

——是因为……我向她打开了自己的心吗？

他记起上山闭关前那一夜。殷小妍睡在他的胸膛上。

“你快乐吗？”那一刻，姚莲舟突然这样问她。

拥有超人触觉的他清楚地感受得到，她的娇小身子短暂地僵硬了一下。

然后她才回答。

“嗯。”

姚莲舟不能确定，这算是一个怎样的答案。

他确实喜欢殷小妍。从第一天住进“盈花馆”看见她，就对她有好感：那看来过分瘦弱的身躯，却装载着坚强的灵魂，犹如一朵寒冬中生存的花。后来的大战里，殷小妍在那么险恶的境况下仍然不离不弃，更证明了姚莲舟对她的感觉正确。他被深深地吸引了。

姚莲舟从来不会让任何人妨碍自己追求武道的极峰。不管是多爱的女人都不行。

可是那天在“盈花馆”的战斗里，姚莲舟却发现，自己为了保护殷小妍，中毒的身体竟能发挥出超乎预料的顽强。

——原来，为了另一个人战斗，可以这样。

那时候他已经决定，只要活着回去，就一定带这个女孩走。

——她会令我变得更强。

现在姚莲舟却开始怀疑这句话了。不是因为厌倦了她——这一点姚莲舟很清楚，何况殷小妍这段日子也变得愈来愈美。他只是发觉在不知不觉间，自己的心因为她的存在而改变了。修行的路途并没有变易，但他觉得自己走着时好像背着一个无形的包袱……

姚莲舟猛地摇一摇头。他很惊讶：在闭关静修的时候，竟然都在想女人的事。

这样的自己，很陌生。

——也许我需要的，就是寻回从前的我。

姚莲舟抓起身边的野狼毛裘披在身上，连炭火也忘记了弄熄，提起“单背剑”，推开“金殿”的铜铸大门走出去。

天柱峰顶，一片凄美的雪白。

冬风吹拂他身上灰色的狼毛。他孤独地踏着匆忙的脚步，走在下山道路的积雪之上，那身影很快就变小。

他要去见一个人。

## 十

隔在囚室的铁栏杆后面，一个背影面朝墙壁，蹲坐于阴暗角落，沉静地呼吸着。这人一头鬈曲的长长乱发多年没有梳理，就如雄狮的毛发一样。身上的衣服倒还洁净，并没予人阶下囚的感觉。

“商师兄。”

姚莲舟已然站在铁栏杆外的走廊上良久，里面的囚犯对他的来临却全无反应。他只好呼唤。

囚犯缓缓拨一拨乱发，好像从白日梦中醒来，举臂伸伸懒腰——突然他身体如闪电般转过来，嘴巴运劲吐出一物！

——从极静到极动，毫无先兆。

姚莲舟略侧头，那原本激射向他左眼的东西越过脸旁，打在后面的石壁上再落下来。

是一块尖细的骨头。

站在这儿的若非姚莲舟此等高手，已然被这突袭打瞎眼睛。

囚室里扬起高傲而响亮的声音，当中竟带笑意。

“自从我在这儿，你是第一次来看我。已经七年了。”

他说得出多少年，显示头脑没有因为长期囚禁而受影响，仍然十分清醒。

他明亮的眼睛在黑暗中发着光，打量姚莲舟身上的掌门白袍：“说起来，我是第一次看见你穿这套衣服。哈哈，像个女人。”

姚莲舟的面容没有因为这揶揄而动一动。他只是看着囚室里这个危险的男人。

表面沉静得像一块冰，但其实姚莲舟心中血气兴奋地翻涌。他要的就是这个感觉。

——我没有来错。这家伙，只要看他一眼，就够了。

里面的“商师兄”没有再说话，只是与姚莲舟目不转睛地对视。能够这样盯着武当掌门而内心无一丝动摇的人，世上不多。

姚莲舟又看了他一会儿，就转身沿走廊离去了。

“我会杀了你。”

姚莲舟身后传来这句话。“商师兄”说的时候没有半点激动，只是好像淡然地再次确认一个事实。

“然后，武当派就会再次属于我。”

〆

姚莲舟离开“遇真宫”后的禁地，回到“真仙殿”之后，召见了负责武当山警备的“褐蛇”樊宗。

“那个人……”

姚莲舟一说，樊宗已经知道掌门指的是谁。他白皙的脸孔马上一紧。

“……有人跟他接触过。”

“掌门是看见什么迹象了吗？”樊宗只觉在寒冬中仍然掌心渗汗。假如这是事实，非同小可。

“只是直觉。”姚莲舟说，“你暗中调查一下，看看有哪些人可疑。”

樊宗点头领命。

〆

在带着雪霜的半山枯林之间，有两条深色的身影飞快地交掠而过，发出沉实的碰响。侯英志吐着白雾低头喘息。他一身深绿衣裳正在冒出蒸气。手中左短右长的木剑正在微微发抖。

不是因为寒冷。

“已经累了吗？”

叶辰渊冷冷地说，一双带着咒文刺青的眼睛，瞧着这个他亲自带入门的年轻弟子，当中不带任何感情。

“不。”侯英志扬起英气的眉毛，咬着下唇摇头，“我还可以。”

“好。”叶辰渊说着，把手伸进玄黑道袍的襟内，掏出一本薄册。

正是青城派“雌雄龙虎剑谱”。这是他亲手抄的誊本，以免失落。

“下一式……”叶辰渊细读上面的字体。其实他早已背熟了剑谱，也知道聪慧的侯英志必也已牢记。只是他见侯英志已然很疲倦，就再读一次内容，免得他弄错：“‘合爪’之势，四十八合于五五，步走一十八，左剑随之二九，以截来剑腕肘，钳之。”

侯英志听了，闭起眼来默想，努力回忆在青城山上学过的剑法。

半年前叶辰渊返回武当山，就立即秘密召见他，将这“雌雄龙虎剑谱”展示给他看。

“你曾是青城弟子，看得明白吗？”

侯英志用了两天反复推敲，就解明了这些暗码的意义。

其实非常简单：每组数字，前一个是青城派其中一套剑法的代号，以入门修习的次序排列；后一个自然就是那套剑法里面的第几式。这本来就不是怎么难解的密码，只要是青城派弟子，依着尝试一下就会看出来。

——但也只有青城弟子拿到手上才有用。

“雌雄龙虎剑法”就藏在青城派的所有剑路里——侯英志和燕横几乎在同时，以截然不同的途径得知了这个道理。

这时，侯英志开始组合这式“合爪”：右手长剑的动作是“四十八合于五五”，即是从青城派第四路剑法“伏降剑”的第十八式“沉舟势”的起手位置，挥往第五套剑法“圆梭双剑”第五式“内双撩”的右剑方位；同时“步走一十八”，步法要配以入门剑法“风火剑”的第十八势“断云”；紧接着左手短剑“随之二九”，是第二路“泷涡剑”的第九式“浪卷孤岩……

剑谱上的每一招，就是这样一点一滴地重新组合再现。

叶辰渊看着侯英志一次接一次的挥剑推敲，也看出这“合爪”的用意和势道来。他目中闪现兴奋之色，也开始挥着长短剑，依着侯英志的动静去摸索这个招法的动作。

“会不会……是这样？”叶辰渊这时说。他毕竟剑术修为和实战经历都甚深厚，很自然地也开始加入自己的思考，还有武当剑法的巧妙，以演绎填满这招式的内涵。他的木剑不断地重复出招，渐渐一次比一次快，一次比一次自然。侯英志听到这破风声，也就暂停推敲，反过来专心观察和模仿叶辰渊的动作与发劲。

叶辰渊并不介意让侯英志吸收自己的剑法。武当派门户传承本来就是这么开放：没有什么不许学的高级秘技，只看你有没有学懂它的能力。

倒是叶辰渊自己，却违反了武当派的这个原则。他没有将发现"雌雄龙虎剑谱"这件事情禀报姚掌门，更未拿出来与同门一同研究分享，却偷偷找侯英志这个前青城弟子帮忙破译剑谱，并在这山林里二人秘密练习。

这一切，始终源于叶辰渊长久的心魔：自七年前那第一次落败，他没有一天不想击败姚莲舟。

叶辰渊不是为了掌门之位——他对权力没有兴趣。他彻底忠于武当派，只要武当能达成"天下无敌"，他绝不介意付出任何代价。

可是身在一个"天下无敌"的团体里，自己却不是第一人，那仍然是一种遗憾。

本来他已经放弃了挑战姚莲舟。但发现这部剑谱，让他重燃希望。

——假如，我能从中找到取胜的优势……哪怕只是一点点……

——何自圣败给我，也许就是天赐给我这个契机……

对于已经四十六岁的叶辰渊而言，这很可能是最后一次机会。

经过半年来的秘密练习，二人已经将“雌雄龙虎剑法”的五成重现了，然而没有真正的青城高人指点，他们无法肯定每一剑到底有多接近原本的招势。侯英志毕竟只是青城派“研修弟子”，并未学全青城剑法。有的招式代号里包含了三套高级剑法“迅兆剑”、“八音剑”和“甲壁双剑”，这些侯英志全都没学过，也就无从解读，只能大约揣摩一点点。

二人将这“合爪”一式组合得差不多后，叶辰渊也就呼唤：“来吧！”

侯英志先当喂招的人，一剑往叶辰渊面门直刺。叶辰渊心里牢记了这新学的招式，右手长木剑将来剑向内架住，同时左手短剑斜抹而上，截向侯英志手腕。

被短木剑的钝刃击打，侯英志前臂吃痛，木剑脱手掉下。叶辰渊顺势猛踏一步，双剑同时靠身步发力一起刺过去，停在侯英志眉心和胸口前。

“这角度好像不太对……”叶辰渊比划着短剑，尝试各种不同的挥抹角度，“再来！”

侯英志拾起木剑又再次喂招。如此经过好一阵子，两人又交换了角色，好让叶辰渊从对手的角度观察这招式的效果，更加深理解其用法之妙。

这时侯英志也在密切注视叶辰渊。叶辰渊不断重复的练习之下，他的招式动作和姿势开始有微细的改变。侯英志知道，这是叶辰渊将武当派的武功习惯和剑路融人招式的结果。叶辰渊毕竟修练武当派剑道已经接近四十年，很多动作的倾向已经变成无法改变的本能。

对侯英志来说，这才是他与叶辰渊秘密练剑的最大裨益。

侯英志自从一年前加入武当派后甚为努力，加上有六年多的青城剑术底子，比其他新入门者进度快得多。但是他自己则不是这样看。

——我不是初入门。我是一个修练了六七年的剑士。要比，我就得与同样资历的武当弟子去比。

那一辈的弟子，胜过他的当然有很多。有几个出色的甚至已经开始进入“兵鸦道”训练了。

另一方面，侯英志的青城武功底子，也并非全然有利。虽说天下武功殊途同归，青城派与武当派的剑路和战法还是大有分别，侯英志要压抑着青城剑法的习惯去学武当派的剑招，有的时候比完全一张白纸的初学者还要困难。

有次“镇龟道”的陈岱秀师兄看见他练剑，语重心长地劝告他：“你不如彻底忘记青城剑法，抱着一颗空白的心，从头去学武当剑吧。”陈师兄是看出了，侯英志还在练习青城剑。

但侯英志不愿放弃从前的所得。他深信青城剑法就是他最大的资本：只有靠着这个优势，他才有望在武当派里加快超越同侪，进身为精英。他没有忘记，燕小六比自己更快当上“道传弟子”这个耻辱。那个时候他跟小六还是好朋友，对这事只是略有不快；但投身武当之后，他每次回想这事情就越发感到不忿。

——全因为那次姚莲舟接见他，却只问他燕横的事。

侯英志自那天就立誓：我要尽快变成姚掌门无法忽视的人物。

他努力试图将青城和武当的剑路融合，深信这是令自己的武艺突破到另一层次的关键，但始终没能成功。

现在与叶辰渊练习，侯英志得以极接近地观察，叶辰渊如何把青城剑法化为己用，这条道路突然就如点亮了一盏明灯，予他极其珍贵的启发和引导。这半年里他的心其实都不在“雌雄龙虎剑”上，反而是在全力发展自己的一套混合两派的剑法。

叶辰渊为了武功更上一层楼，找侯英志帮助破译这份剑谱；但结果却是侯英志的得益远比叶辰渊多。

两人交换了位置数次，击剑两百多遍后，侯英志终于也累了，连剑也握不牢。叶辰渊见了就说：“今天到此为止。”

二人放下木剑，一起坐在一块岩石上休息，这儿可眺望视山下道宫的风光，只见武当山大半被白云所盖，又是另一番美丽。

叶辰渊拿来一个布包，里面有几块干饼，还有一小瓶酒。

“喝两口，暖暖身子。”叶辰渊把瓶塞打开，递给侯英志。从前青城派戒律森严，不许喝酒，侯英志也是到了武当山后，初次尝到那帮助练功的“雄胜酒”，花了好一段时日才学会喝。

两人默默坐着分享那酒与干粮，只是瞧着山下的风景，没有交谈一句。

“假如你是我儿子，多好。”

叶辰渊忽然说了这样的话。

侯英志心里在震动。他想起自己那没有用的爹。想起已经很少见面的好朋友叶天洋。

他不知道要如何回应。

两人继续沉默。

次天的晚上，殷小妍一手提着灯笼，另一手拿着纸伞，站在山路旁的一棵大树底下等待。

她冻得脸颊都赤红了，樱唇不断地呵出雾气。殷小妍已然脱去当年做妓院小婢时那股楚楚可怜的气质，经过这大半年在武当山养尊处优，身子比从前丰腴了，脸庞也更增添了健康的光彩，原本被艰苦生活所掩藏的美丽，此际尽情绽放，假如走到街上，必然被看作是出身大户的千金小姐。

她这一身白狐裘，是入冬时姚莲舟送的礼物。这等名贵的衣服，小妍从没想过自己也有穿上的一天。

“跟你很合衬。”她第一次穿上时，芸妈这样赞叹。芸妈是武当山脚村落的农妇，姚莲舟特别雇她到山里来照顾小妍的起居。她俩很快便合得来，婢女出身的小妍也绝没有把她当作佣人。

“是吗？”小妍微笑着。她知道老实的芸妈不爱说奉承的话。

殷小妍想不到，自己还有什么不幸福的理由。一个出身卑微的女孩子所能想象的东西她都得到了。整个武当山上下无人不对她敬重有加。她的男人是活脱脱的人中之龙，除了修练和处理门派事务的日子之外都很关心爱惜她。

从前她的愿望，只是能够离开“盈花馆”，过一种更像人的生活，绝没有想过会得到这么多。

可是到了现在，殷小妍还是无法由衷地感到幸福。

她知道姚莲舟感受得到——否则那一晚他不会这样问她。

——你快乐吗?

殷小妍不敢多想。本来就没有资格要求更多。当天是自己求姚莲舟带她上山的。

她在路旁等待了好一阵子，正要放弃回去时，却看见山路上方的黑暗里出现了灯光。她一边在颤抖，一边微笑。

侯英志完成了今天的午课后，匆匆吃了顿饭，就一个人上半山去，练习近日所领悟的、结合武当与青城的剑法，结果直到入黑才回来。

——武当派讲求弟子自行奋发，故门内的纪律并不森严，每天除了到武场必修早、午二课之外，其余时间可自由修行，不管是独自还是找师兄弟共练都行，即使是练习到深夜凌晨也无人干预。

侯英志提着灯笼，另一只手拿着练习用的钝剑搁在肩头，从山路的阶梯飞快步下，灯光映出他身体还在散发雾气。

他看见了路旁树下的殷小妍，也就走过去。

“终于等到你啦。”殷小妍笑着说。

侯英志不语，带着她走到树下一个刻着“道不远人”四字的石碑前。他脱下外袍盖住石碑，让殷小妍倚坐在上面，不致弄污衣服。

“掌门不是下山了吗？”

“昨天下来的……今早又回山顶去了。”殷小妍说时无法掩饰脸上的寂寞。

她将灯笼放在地上，收起雨伞，解下挂在腰间的一个小布囊，里面用纸包着一块像黄色水晶的麦芽冰糖。

“我今天吃到这个，味道很好，也就留了一块给你。”

侯英志拿过来一把放进嘴里，那甘甜的味道马上充溢舌齿间，稍解了苦练之后的辛劳。

“谢谢。”侯英志含着糖块笑着回答。

两人就这样在树下闲聊起来。他们平日时常都是这样闲扯，话题不着边际，有时侯英志说说自己从前在青城山的趣事；有时是殷小妍回忆“盈花馆”里见过的荒唐情景。

侯英志的爹侯玉田干过走镖，懂得看星星辨别方位。

这时侯英志也就照着父亲所教，给殷小妍指出北斗七星的所在。

“真有趣。”殷小妍仰望冬夜繁星，眼神犹如小孩。侯英志不禁在旁偷瞧她的样子。

殷小妍既是掌门的女人，武当山所有弟子虽然都十分尊重，但没有一个敢稍稍接近她，甚或多谈一句话，叫她感觉像是个寄居在武当的外人。唯有跟她年纪相若、又是上武当不久的侯英志，竟然不避嫌地跟她说话，令她在武当的日子好过多了。

这时候殷小妍才发觉：自从十二岁卖身离家后，这些年来一个朋友也没有——书荞姑娘和姚莲舟都不能算作“朋友”。现在侯英志是第一个。

——在妓院里的时候，她以为“朋友”在她往后的一生，都将是奢侈的东西。

侯英志最初跟殷小妍打开话匣，纯属心血来潮——当然他也不否认，有少许是因为对姚莲舟不服气。

可是认识下来，殷小妍愈来愈令他想起一个人。

他丢下在青城山的宋梨。

她们的样子和性情其实不是那么相似。经过生活磨练的小妍，个性和说话都比宋梨温婉得多；宋梨则比小妍更活泼有生气。

但两人在侯英志的眼中却有个共通处：都拥有一股让人禁不住怜惜的美丽。而这种美丽，你认识她们愈多，就愈是抓着你不放……

“很冷了。回去吧。”侯英志说着，取回石碑上的外袍，拍了两下披回身上。

“谢谢。”殷小妍微笑垂着长长的睫毛：“跟你聊了一阵子，整个人都轻松了。”

侯英志知道她郁闷的理由。可是一想到自己跟那个男人的距离，他没再笑了，只是挥挥手。

“你先走。我等一会儿再回去。”

看着殷小妍提灯消失于黑夜里，侯英志吮着已经愈变愈薄的冰糖，手掌把剑柄握得更紧。

——我要进步得更快。直至再没有人能够无视我的存在。

在夜里与掌门的女人同行终究不妥，侯英志等了好一阵子，预料殷小妍已快回到“遇真宫”后，他才开始踏上山路，前往武场旁的宿舍去。

但在半途中他感觉有异。

侯英志没有看见什么，也没有听见什么。只是经过长期与叶辰渊这等剑豪练习后，他对危险的直觉已被磨得甚为尖锐。

他停下步来不久，樊宗就从后面现身。

樊宗的表情有少许意外：以他“褐蛇”的轻功和隐匿功夫，竟也被这小子察觉了……

“很晚啊。”樊宗笑着说，但那双细目并无笑意。

侯英志向樊师兄行礼。他不能肯定，自己是在何时甚或哪一天开始被樊宗跟踪。

侯英志与樊宗对视时，眼睛没有半点闪烁。他心中无愧。与殷小妍之间并没有任何苟且失礼之事。跟叶辰渊练剑也并非干犯了什么戒律。那是副掌门的命令啊。至于隐瞒得到青城派剑谱，那是叶辰渊的责任，跟他没有关系。

“是的。我才从山腰练剑回来。”侯英志说。他一身都在散发热气和汗味，已是证明。

“很努力啊。我最初就没有看错你。”樊宗仍在笑。

却忽然动起来。

他以迅疾手法，右手快拔腰间的飞剑，当作短剑击向侯英志胸口！

侯英志面对樊宗那惊人的步法速度，已然来不及拔剑，把钝剑连着鞘举起，及时格着这一刺。剑势既起，他身子即如行云流水，顺势就把鞘尾反击扫向樊宗的颈项！

樊宗回剑挡着，同时竟能灵巧地把飞剑转为反握，手与剑成钩状制住那剑鞘，令其动弹不得。

侯英志却也反应过人，一感受到剑鞘被制，立即就将钝剑拉出鞘，步法斜走，侧身将剑刺往樊宗肋骨，正是“武当行剑”！

但其中也夹杂了青城派“风火剑”的发劲之法。

这刺剑的劲道非常猛烈，樊宗也不得不以步法横移闪避，同时左手却朝侯英志扬起！

侯英志剑势已出，来不及回剑去格，只有举起左臂护在胸前。

樊宗掷出的飞行物迅速射来，侯英志左手一挥用掌拨中，那物弹开去跌落地上。

侯英志的灯笼早丢到一边，在地上燃烧着，映出那“暗器”只是一截小小的树枝。

——假如换作是飞剑，侯英志这赤手拨打还是要受伤。

侯英志再一次令樊宗意外。那拦截暗器的精准和速度，即使在武当山上也不多见。

“你进步不少啊。”樊宗轻松地把飞剑还入剑鞘，同时把侯英志的剑鞘抛回给他。

侯英志接过，还剑入鞘后低首拱拳：“感谢师兄教导。”

他在夜里的脸色却铁青着。他看得出，樊宗不是友善试招那般简单。

到底是怎么回事？

他抚摸着肿起的左掌，心里狐疑。

——是因为我跟叶辰渊秘密锻炼吗？……

“快回去休息。”樊宗说，“明天早课别迟了。”

侯英志再行一次礼，就摸着黑沿山路下去了。

樊宗久经训练的眼睛能在夜间视物，一直盯着侯英志的背影不放。

——这可不是一般的进步……一定发生了什么。难道真的跟“那个人”有关系?

樊宗决心一定不负掌门所托，将这事情查个明白。

他摸着飞剑的柄子，回想起当初进身“首蛇道”最高精锐“褐蛇”时立过的誓言。

——任何危害武当者，必杀无赦。

这是身为武当派刺客的唯一信条。

# 后记

我喜欢武术，这个现在很多人都知道。却也因为这一点，导致不少朋友误会《武道狂之诗》书里的武打情节，尤其“大道阵剑堂讲义”描述的武功理论和门派历史，全部都是真实的。请别忘记这本书始终是小说，我构想内容时，虽然花了不少工夫搜集真实资料作为灵感，但实际描写起来，还是加入了许多超现实的夸张和浪漫的想象——毕竟要写一个好故事，首要并非翔实，而是味道。

比如这一卷述及张三丰创“太极拳”，还有俞莲舟、张翠山等武当开山弟子的“历史”，同样是“有根据的杜撰”。

绝大多数人认识这些名字，都是因为金庸前辈的《倚天屠龙记》，我也不例外。《倚》里写的“武当七侠”是有资料依据的，源自一篇号称宋远桥亲笔记述的《宋氏家传太极功源流支派论》，民国时期不少太极书籍都有传抄或转述此文，包括一九二一年出版的许禹生《太极拳势图解》(此书的复印本现在市面上仍存)。《倚天》初版里的殷六侠，也是按原文记载的叫殷利亨，后来的修订版本才改名为殷梨亭。

《宋》一文经过不少人仔细考证，相信是后人伪托；即便不假，里面记载的太极功祖师李道子，能够从唐朝活到明朝，也是极其荒诞。文章虽伪，不代表里面记述的人物全都是假的。比如张松溪的名字，在《王征南墓志铭》和《宁波府志》中都有提到，不过当中记述他是嘉靖年间人，非张三丰直传弟子。很多武术历史文献都归于野史一类，真真假假，互相矛盾，得等待武术史家去求证发掘。而我这个写小说的，只是信手拈来，尽量穿凿附会得有趣一些。

写这么多无非想说明：我现在这个武当派“历史”版本，并非基于《倚天屠龙记》改写，而是采用了跟《倚》一样的参考材料，希望大家别误会我在拿经典作品“乱搞”。

当然我仍然要万分感谢金庸前辈。《倚》是我看的第一部金庸作品，也是最喜欢的一部之一，没有他的启发，我绝对写不出这样的武当派来。

七月是一个令我热血沸腾的月份。固然因为夏天，也因为香港书展，但绝对不止这些。每年七月，也是我们香港人重新审视自我价值与原则的日子。

我写这部武侠小说，不敢说有什么教化意义。但书里描写了许多狂狷之士，至少希望传达一种坚强奋发之“气”，让人不要轻易堕入乡愿或犬儒，我相信是这个时代所迫切需要的东西。

乔靖夫

二零一一年七月二日

万山不会阻去向
人世满巨浪
自知心里是豪情
谁怕沧桑

「破门六剑」把行侠仗义当作修行，
触犯了官府盘根错节的利益，
更触动朝廷中强大的腐败势力。
奸臣钱宁在宁王府鼓动下，「欲以武制武」，
借助各门派武者之力平定「乱贼」。
武当派亦被卷入权力洪流之中，
其命运竟因一个表面毫不相关的人而改变……

长篇武斗复仇剧《武道狂之诗》卷十

冬季，天地肃杀!!

# 武道狂之诗·卷九　铁血之阵

乔靖夫 著

图书在版编目（CIP）数据

武道狂之诗．第9卷，铁血之阵 / 乔靖夫著．——北京：中国人民大学出版社，2013.10
ISBN 978-7-300-17620-8

Ⅰ．①武… Ⅱ．①乔… Ⅲ．①侠义小说－中国－当代 Ⅳ．①I247.5

中国版本图书馆CIP数据核字(2013)第211276号

天行者文化
SKYWALKER CULTURE

武道狂之诗·卷九 铁血之阵

乔靖夫 著

Wudaokuang zhishi

| | | | |
|---|---|---|---|
| **出版发行** | 中国人民大学出版社 | | |
| **社　　址** | 北京中关村大街31号 | **邮政编码** | 100080 |
| **电　　话** | 010–62511242（总编室） | | 010–62511398（质管部） |
| | 010–82501766（邮购部） | | 010–62514148（门市部） |
| | 010–62515195（发行公司） | | 010–62515275（盗版举报） |
| **网　　址** | http://www.crup.com.cn | | |
| | http://www.ttrnet.com（人大教研网） | | |
| **经　　销** | 新华书店 | | |
| **印　　刷** | 北京市易丰印刷有限责任公司 | | |
| **规　　格** | 150mm×210mm 32开本 | **版　　次** | 2013年10月第1版 |
| **印　　张** | 6.5 | **印　　次** | 2013年10月第1次印刷 |
| **字　　数** | 100 000 | **定　　价** | 25.00元 |